외롭고
쓸쓸한
사람
가운데

讓高牆倒下吧
by 李家同 CHIA-TUNG LEE

이 도서의 국립중앙도서관 출판예정도서목록(CIP)은
서지정보유통지원시스템 홈페이지(http://seoji.nl.go.kr)와
국가자료공동목록시스템(http://www.nl.go.kr/kolisnet)에서 이용하실 수 있습니다.
(CIP제어번호: CIP2019017681)

외롭고
쓸쓸한
사람
가운데

리자퉁 지음

김명구 옮김

문학동네

일러두기

1. 주석은 모두 옮긴이주다.
2. 장편 문학작품은 『 』, 연속간행물·영화·방송 등은 〈 〉로 구분했다.
3. 외래어는 국립국어원의 외래어표기법을 따랐으나 일부 명사와 인명은 한자어 독음으로 표기했다.

차례

'생명'에 관해 쓰는 사람
리자퉁李家同의 글을 이야기하다

싱린쯔杏林子*

문장을 쓰는 사람이 좋은 글 한 편을 읽는 것은 자신이 좋은 글 한 편을 쓰는 것보다 더 후련하고 유쾌한 일이다. 무릎을 치며 감탄하고, 칭찬하면서 갈채를 보내다보면 자신도 모르는 새 몰래 흠모하는 마음이 들기도 한다. 왜 나는 이처럼 아름답고 감정이 풍부한 글을 써낼 수 없는가!

삼 년 전, 〈연합보聯合報〉**의 한 섹션에서 「황야 여행」이라는 여행기 한 편을 읽었다. 글쓴이는 스코틀랜드의 스카이섬을 여행하

---

* 대만의 작가(1942~2003). 본명은 류샤(劉俠)이고, 평생 장애인 복지와 인권을 위해 분투하며 싱린쯔라는 필명으로 40여 권의 책을 펴냈다. 천수이볜 전 총통의 고문을 지내기도 했다.

** 대만의 일간지.

며 직접 느낀 감회를 묘사했다. 글은 순박하고 꾸밈이 없었으며 지나치게 다듬은 느낌도 전혀 없었다. 천진난만한 유머가 담겨 있어서 글의 행간을 따라 자연스럽게 황야 속으로 빠져들어갔다. 나역시 광활한 원시 대지에 발을 붙인 채, 온 산과 벌판이 스스로 피고 지는 헤더Heather로 가득찬 모습을, 그리고 세상과 단절된 황량한 아름다움을 보고 있는 듯했다. 산골짜기에 불어오는 거친 바람 소리와 『폭풍의 언덕』 여자 주인공의 영혼이 외치는 소리가 들리는 것 같아 섬뜩하면서도 허황된 세상 속에 있는 듯했다. 이를 바꾸어 말하면, 글쓴이가 문학, 음악, 영화에 대해 잘 알고 있다는 이야기일 테다. 그런 점에서 이 여행기는 '인문여행'이라 할 수 있었다.

나는 이 작가를 주목하기 시작했다. 리자퉁, 아직 문단에서는 몹시 생소한 이름이었다. 나중에 그가 대학 총장이라는 걸 알게 된 후 나의 과문함을 탓하였다.

그다음부터 그 이름이 자주 나타났다. 나타날 때마다 나를 놀라게 했다. 그는 여행기뿐 아니라 교육과 장애인 복지에 대한 견해를 밝히는 글을 쓰기도 했다. 그보다 더 많이 쓴 건 소설이었다.

그의 글에는 복잡하고 기이하게 얽힌 스토리가 없고, 남녀 간의 선정적인 대화도 없다. 수식이 없고 소박하며 꾸밈없는 진솔한 서술이 돋보인다. 그런데 어떻게 늘 우리들의 마음속 가장 민감한, 그 한 가닥 줄을 건드릴 수 있는지 모르겠다. 그는 이 사회에 오래

전부터 존재했지만 우리가 줄곧 무시하고 지나쳐왔던 어떤 현상들에 대해 반드시 생각하게 만든다.

그는 케냐 아이들의 이야기를 썼고, 르완다 난민 이야기를 썼다. 전쟁의 참혹함, 몸과 마음에 가해진 상처와 학대에 대한 글을 썼으며, 인도의 테레사 수녀와 그녀가 세운 '임종자의 집' 이야기를 썼다…… 그렇게 그가 줄곧 '생명'에 관해 쓰고 있다는 것을 발견하게 되었다.

사람은 진정 태어나면서부터 평등한가? 국가의 외화 보유고가 천억 달러에 근접하고, 1인당 국민소득이 만 달러를 초과하게 된 지금 우리는 한 병에 몇만 위안 하는 양주를 마실 수 있고, 수천만 위안의 비싼 집에 살기도 한다. 그러다보면 이 세상에 비바람을 막을 수 있는 지붕도, 누울 수 있는 침대 하나조차도 없는 이들이 존재한다는 것을 상상하기 힘들다. 여러 해 동안 안정적인 삶을 누리고, 전쟁과도 이미 멀어지다보면, 오래전 재난으로 집과 가족을 모두 잃고 의지할 곳 없이 떠돌아다녔던 시절을 잊어버린다. 우리는 매우 행복한 나날을 보내고 있다. 행복이 우리의 마음을 점차 냉담하게 만들고 갈수록 경직되게 한다. 우리의 마음은 높고 두꺼운 담에 둘러싸인 채 그 속에서 편안하고 안일하게 살면서 그곳이 천국인 척 가장한다. 그런 후 스스로에게 이 세상에는 비극이 없다고 말한다.

리자퉁은 기어코 담을 허물고 우리를 밖으로 나가게 하려고 한다. 그는 이미 앞장서서 나갔다. 대학 총장이라는 지위에 있다가 유해를 옮기는 노동자가 되는 일도 서슴지 않았다. 죽음을 앞둔 이에게 인간의 따뜻함과 사랑을 조금이라도 느끼게 해주고, 혼자 외롭고 처량하게 떠나지 않도록 그 손을 꼭 잡아주기도 했다.

가장 가난한 사람에게도 인간으로서의 존엄이 있다고 그는 우리에게 말한다.

그의 글들은 또다른 이야기를 생각나게 한다. 유명한 바이올리니스트 파가니니가 연주회 전에 부주의했던 탓에 자신의 귀중한 바이올린을 잃어버렸다. 도둑이 부서진 바이올린으로 바꿔치기해놓은 것이다. 무대 아래 관객을 마주한 그가 말했다. "오늘밤, 저는 여러분에게 증명해 보이려 합니다. 진정한 음악은 바이올린에서 나오는 게 아니라, 바로 음악가의 생명에서 흘러나온다는 것을!" 과연 파가니니는 진심을 다해 연주했고, 더할 나위 없이 아름답고 훌륭하게 곡을 해석해냈다. 연주회장에 있던 사람들에게 잊을 수 없는 인상을 남겼다.

사실 문학도 이와 같다. 리자퉁 총장의 글은 특히 이러한 점을 증명한다.

나의 시각장애인 은사님

　나의 박사논문을 지도한 레이거 교수는 매사추세츠공과대학교 수학박사 출신으로, 현재 미네소타대학교 컴퓨터과학연구소의 석좌교수다. 그는 앞을 전혀 보지 못하는 시각장애인이다. 외부의 어떠한 빛에도 반응이 없고, 오랜 세월 동안 어둠 속에서 생활했다.

　하지만 우리 보스(박사과정을 공부할 때 지도교수를 보스라고 불렀다)는 마음이 매우 따뜻하고 성정이 평화로운 분이었다. 그를 만나본 사람들이라면 그가 앞을 볼 수 없는 것에 대해 스스로를 원망하거나 한탄한 적이 없고, 또한 그로 인해 성질을 부린 적이 없다는 걸 알 수 있었으리라.

　시각장애인으로 산다는 것은 녹록지 않은 일이다. 이 년 전, 우리 보스는 칭화대학교를 방문해 학교의 손님용 숙소에 묵었다. 그가 여기저기 더듬으면서 방향을 찾을 수 있도록 내가 그를 이끌고 다녀야 했다. 변기가 어디에 있는지, 세면대는 어디에 있는지, 비누는 또 어디에 있는지, 에어컨은 어떻게 켜고 끄는지, 아침을 먹는 곳까지는 어떻게 가는지 등등을 알려주어야 했다. 그런데 만약 그가 호텔에 묵으러 들어갔을 때 알려주는 사람이 아무도 없다면, 이런 것들을 어떻게 알 수 있는지 나중에 내가 물어보았다. 보통 사람들이 그가 시각장애인임을 알고 나면 다들 어떻게 해서든지 자신을 데리고 다니면서 한차례 더듬어보게 해준다고 그는 말했다. 만약 이렇게 안내해주는 사람이 없을 때는, 동서남북을 구분하게 되기까지 한 시간 정도 걸린다고 했다.

모두들 우리 보스가 어떻게 공부를 했는지 분명히 궁금할 것이다. 수업시간에는 다른 학우들과 마찬가지로 강단 아래에 앉는다. 선생님은 그가 시각장애인이라는 걸 알기에 칠판에 글을 쓸 때마다 특별히 비교적 분명하게 설명한다. 만약 칠판에 그림을 그리고 한차례 자세하게 설명할 때, 그가 제대로 이해하지 못한다면 수업이 끝난 후에 학우들이 기꺼이 도와준다고 했다.

시험은 구두로밖에 볼 수 없어서, 모든 선생님들이 그를 위해 별도로 구두시험을 실시했다고 한다. 보스의 전공인 수학에서는 사고방식이 논리 정연한지 아닌지를 단번에 알 수 있기 때문에 구두시험이 결코 어려운 일은 아니라고 했다.

책은 어떻게 읽을까? 우리 보스는 온전히 녹음테이프에 의지한다. 미국에는 시각장애인 녹음서비스센터라는 비영리단체가 있다. 책을 읽고 싶은 시각장애인이 있다면 이 단체는 곧바로 그를 위해 책을 낭독해줄 사람을 찾는다. 의외로 자원봉사자가 매우 많아서 오랫동안 기다려야 책 한 권을 읽어줄 수 있는 기회가 온다. 하지만 이쪽 분야 사람들은 모두 알 것이다. 연구를 하고 있는 상황에서는 논문을 보는 것이 가장 중요한 일이라는 사실을. 보스가 매사추세츠공과대학교에서 박사과정에 있을 때, 보고 싶은 논문이 생기면 대신 읽어줄 사람을 구한다는 공지를 자주 붙였다. 당시 대학의 컴퓨터과학과 대학원생 대부분이 그를 위해 논문을 낭독해주었다. 현재 일리노이주립대학교에서 학생을 가르치는 류중랑劉炯朗 교수도 그를 위해 논문을 낭독한 적이 있다. 논문을 대신 읽어주는 일은 따뜻한 마음에서 비롯된 것이기도 했지만 또다른 이유가 하나 있었는데, 바로 자신도 논문을 한 편 읽을 수 있다는 점이다.

미국은 일찍이 이런 종류의 녹음테이프와 책을 우편으로 보낼 때 우표 부착을 일제히 면제한다는 연방 법안을 통과시켰다. 그렇지 않았다면 보스는 많은 책들을 읽어낼 수 없었을 것이다.

컴퓨터과학을 아는 사람들은 시각장애인이 어떻게 컴퓨터 프로그램 공식을 쓰고, 어떻게 프로그램 공식에서 오류를 찾아내는지 매우 궁금할 것이다.

보스가 공부를 한 건, 삼십 년 전의 일이었다. 당시 컴퓨터에는 시각장애인들을 염두에 둔 장치는 아무것도 없었다. 그래서 그가 프로그램을 구상하면(점자기를 사용해서 작성했다) 학우에게 들려주고, 마지막으로 누군가가 그를 위해 카드로 작성해서 컴퓨터 센터에 보냈다. 그는 컴퓨터에서 도출한 결과물을 들고 또다른 학우를 찾아가 읽어달라고 했다. 그리고 들은 내용을 토대로 어떻게 고쳐야 할지 결정할 수밖에 없었다. 그때마다 학우들은 카드를 받아서 기꺼이 그를 대신해 몇 장이고 수정해줬다.

요즘 미국에는 시각장애인을 대신해 설계할 수 있는 단말기가 보편화되어서 프로그램 공식을 수정하는 데 아무런 문제도 없다고 한다. 보스가 말하길, 미네소타대학교에는 시각장애인들이 많으며, 그중 적지 않은 학생들이 이공계에서 공부하고, 그들 모두 이러한 단말기를 사용한다고 했다.

우리 보스는 줄곧 이렇게 생각해왔다. 시각장애인은 평범한 사람들과 똑같이 생활해야 하고, 사회는 시각장애인을 차별하면 안 되지만, 그렇다고 별것 아닌 일에 지나치게 놀라며 소란을 떨어서도 안 된다고. 이 년 전 나는 우리 보스를 모시고 미국으로 돌아가는 비행기를 타기 위해 타오위안桃園공항에 갔다. 공항에 있는 중화항공 사무원은 그가 시각장애인임을 알고 몹시 긴장해 그에게 로스앤젤레스로 데리러 올 사람이 있는지 물었다. 로스앤젤레스 공항에서 비행기를 바꿔 타야 했기 때문이다. 맞아줄 사람이 없다고 하자 중화항공은 그를 비행기에 태울 수 없다고 강경히 버티며 그 부담을 책임질 수 없다고 말했다. 결국엔 내가 나섰다. 보스가 중화항공을 고소하지 않겠다는 문서에 서명하고 나서야 항공사는 탑승을 허가했다.

보스는 비행기를 타고 자주 여행을 다니는데 여태껏 한 번도 이런 일을 겪은 적이 없었다고 했다. 그는 영국의 공항이 시각장애인들을 대하는 태도가 가장 훌륭하다고 말했다. 그들은 시각장애인을 보면 즉시 귀빈실로 안내하고, 비행기에 탑승하는 곳까지 데려다준다고도 했다. 중화항공은 그의 안전을 걱정한다고 했지만, 길을 안내할 사람조차 보내주지 않았다. 자신들이 고소당할 위험에서 벗어나자 이 시각장애인의 안전에도 무관심해졌을 테다.

보스는 어떤 교통수단이든 다 타보았는데 지금까지 기차나 지하철 등을 동행 없이도 스스로 이용했고, 그의 승차를 거부한 경우도 전혀 없었다고 했다. 보스는 이른바 배려라는 것이 실상은 차별인 경우가 있다고 했다.

중국인들은 시각장애인을 두고 몹시 불쌍히 말하기를 좋아한다. 대만에 있을 때 홍콩에서 온 시각장애인 남성 합창단의 공연을 관람한 적이 있다. 공연중 그들은 다들 중국 내란의 희생양임을 누차 강조했고, 부르는 노래도 모두 〈천륜의 눈물〉* 주제곡과

---

* 1966년 대만과 일본의 합작 영화로, 남자 주인공이 어머니를 찾으러 대만으로 가는 과정을 그렸다.

같은 부류여서 뜨거운 눈물을 자아냈다.

그러다 미국에 가서 우리 보스를 만났고, 이후 시각장애인 학자를 몇 명 만나게 되었는데, 서양의 시각장애인들은 동정을 사려하지 않으며, 우리 같은 사람들과 함께 생활하고자 노력한다는 것을 알게 되었다. 부득이한 경우가 아니라면 결코 자신들이 시각장애인이라는 점을 드러내지 않았다. 그러니 서양의 시각장애인 중 학술 분야에서 뛰어난 성과를 보이는 이들이 매우 많은 것도 이상한 일이 아니다.

러시아의 레프 폰트랴긴 박사*와 같은 이를 예로 들 수 있다. 이 러시아 수학가가 제어이론에 기여한 공헌은 역사에 길이 빛날 정도다. 어렸을 때 눈이 먼 그는 수업시간에 어머니를 데리고 가서 어머니가 칠판의 부호와 그림 등을 이해한 대로 들려주는 것에 의존했다. 사실 그의 어머니는 수학적 지식이 거의 없어서 읽어주는 내용이 거의 다 틀릴 때도 많았다. 미국에서 공부할 때 이 대가의 강연을 들은 적이 있다. 대부분 러시아어로 강의했고 그의 강의를 통역한 이는 폴란드 교수였다. 폴란드 교수는 성격이 괴팍하기 그지없고 평소 학생들에게 매우 엄격하게 굴어 환영받지 못했다. 폴란드 교수의 통역이 정확하지 않은 날이면 이 대가에게 영어로 호

---

* 14세에 가스 사고로 실명했으나 수학에 뛰어난 재능을 발휘해 24세에 모스크바대학교 교수가 되었다(1908~1988).

되게 욕을 먹었다. 나는 지금까지도 그 시각장애인 대가의 위엄 있고 당당한 모습을 분명히 기억하고 있다.

내가 아는 또다른 시각장애인은 태어날 때부터 장애가 있었고 나중에는 수학박사가 되어 나와 같은 일에 종사했다. 한번은 같은 분야의 연구자들이 회의를 열었는데 그가 만찬에서 축사를 하게 되었다. 다들 그가 학문에 대해 이야기할 거라고 생각했지만, 뜻밖에도 시카고 암흑가에서 트럼프 도박을 한 경험을 크게 떠들었다. 암흑가에서 도박한 일을 생각해보면 이미 그 자체도 상당히 흥미로운데, 게다가 시각장애인이라 공개되는 모든 패에 대해서는 전적으로 사람들이 알려주는 데 의지했다고 한다. 그 자신이 감춰둔 패가 무엇인지도 암흑가 사람들이 알려주는 데 달렸다. 그는 한 마디로 딱 잘라서, 사실상 암흑가의 도박에는 어떠한 속임수도 없었다고 말했다. 정직한 친구와 같이 도박을 하면 양쪽의 평균 승패가 같음을 발견했기 때문이다. 그래서 그와 시카고 암흑가의 사람들은 몇 년 동안 같이 도박을 즐겼다.

그는 어떻게 도박에서 손을 씻게 되었을까? 이야기는 흥미진진했다. 그는 가볍게 원망어린 투로, 의리 없는 도박 친구가 한 명 있었는데 게임에서 지면 이래저래 미루다 돈을 갚지 않았다고 했다. 그와 도박을 하던 암흑가의 사람은 바로 제 가슴을 툭툭 치더니 그를 대신해 돈을 다 받아주겠다고 보장을 했다. 시각장애인 친구는 그 말을 듣고 난 후, 다시는 이처럼 지나치게 의리를 따지는 녀석들과는 어울리지 않기로 했다고 한다.

지금 대만 사회가 어떤 상황인지 한번 살펴보자. 사회 전반에서 장애인의 능력을 낮게 여기는 것을 발견할 수 있다. 아이가 시각장애인이면 그 부모는 아이가 생계를 유지할 수 있는 기술을 배우기만 해도 감지덕지히디고 여긴다. 이 방면의 교육을 책임지는 장애인 학교 역시 그렇게 생각한다. 그래서 장애인 학교에서 공부하는 시각장애인 학생들이 이후 국립타이완대학교의 전기기계학과나 정보공학과에서 공부하기란 불가능하다.

만약 우리가 개혁을 해야 한다면 사고방식부터 바로잡아야 한다. 앞을 볼 수 없는 젊은이들이 젠궈고등학교*나 베이이여자고등학교**에 들어가 일반 학우와 함께 생활하고, 동일한 교육과정을 배우고, 장래에 함께 대학교에 들어가고 우리처럼 학위를 받을 수 있어야 한다. 안타깝게도 우리 사회에는 앞뒤가 꽉 막힌 고루한 생각을 가진 무리들이 있어서, 신체에 아주 작은 결함이라도 있으면 어떤 직업도 가질 수 없다고 생각한다. 예를 들어 일부 사범대학교에서는 색맹인 학생의 입학을 거절한다. 초등학교 선생님은 아이들을 데리고 길을 건너야 하는데 선생님이 색맹이라면 신호등의 신호를 어떻게 구별하느냐는 이유에서다. 이런 생각은 이 나

---

* 1898년에 설립된 대만 최초의 남자고등학교. 120년이 넘는 전통을 지닌 명문으로 손꼽힌다.
** 대만의 명문 여자고등학교.

라의 장애인들에게 큰 손해를 끼친다.

시각장애인도 마찬가지로 대학에서 공부할 수 있다는 사실을 우리 사회 전체가 알길 바란다. 선진국의 대학에는 시각장애인이 무척 많은데다 그들도 박사학위를 취득할 수 있으며, 사회활동에서도 크게 성공할 수 있다. 많은 제약을 두어서는 안 될 것이다. 중고등학교는 물론이거니와 대학은 말할 필요도 없다. 이러한 제약을 걷어내면서 다른 한편으로는 장애인들에 대한 지나친 동정도 거두어야 한다. 지나친 동정은 사실상 차별과 같기 때문이다. 우리는 가능한 한 그들이 자신의 문제를 스스로 해결할 수 있도록 격려해야 한다. 그렇게 해야지만 비로소 진정으로 장애 학생을 돕는 것이다.

과거 미국에서 내가 근무하던 곳에는 도면을 대신 그려주는 부서가 있었다. 한번은 이 부서가 이전보다 훨씬 더 조용해진 걸 발견했다. 모든 직원들이 입으로 말하지 않고 수화로 이야기를 나누고 있었다. 물어보고 나서야 그들 부서에 청각장애인 제도사가 와서 다들 수화를 배우기로 결심했고, 오랜 시간이 지나 습관이 되어버려 모두가 수화로 이야기를 나눈다는 사실을 알게 되었다. 이는 한 집단이 장애인을 어떻게 구성원으로 받아들였는지 보여주는 전형적인 예다.

뉴질랜드의 거리에서 시각장애인을 본 적이 있다. 나는 선의를 갖고 그에게 길을 건너는 데 도움이 필요한지 물었다. 그는 웃으며 괜찮다고 말한 후 내 발음이 타지인 같다며 혹시 길을 찾고 있다면 자신에게 물어보라고 했다. 때마침 어떤 버스를 찾는 중이었기에 나는 그에게 어디로 가서 타야 하는지 물었고 그 덕에 순조롭게 찾을 수 있었다.

초등학교, 중학교, 고등학교 그리고 대학교까지 주저 없이 시각장애인 학생을 받아들여 그 학생들이 다른 학생들처럼 교육받기를 희망한다. 또한 정부기관이 장애인의 구직 활동에 제한을 두지 않을 뿐만 아니라, 본보기가 되어 주동적으로 장애인 고용을 결정하길 기대한다. 정부는 시각장애인이 근무하거나 학습하는 과정 중 혹시나 생길 수 있는 문제에 대해 걱정할 필요가 없다. 그런 상황에서 그들의 문제 해결에 도움을 줄 선량한 사람들이 당연히 있을 것이라는 믿음이 있기 때문이다. 지나친 배려는 사실 일종의 차별인 셈이다.

1989년 10월 26일 연합보 문예칼럼

어머니가 나를 보러 오셨어
직접 겪은 이야기

'우리 엄마가 우산을 들고 날 데리러 오셨어'라는 가사의 동요를 많은 사람들이 들어본 적이 있을 것이다. 이 가사는, 유치원 수업이 끝난 아이가 유치원 입구에서 엄마가 데리러 오기를 기다리다 마침 비가 내리는데 다행히 엄마가 우산을 가지고 나타나 매우 안심하는 모습을 묘사하는 듯하다.

미국의 한 쇼핑센터에서 물건을 사고 있었을 때의 이야기다. 갑자기 하늘 색이 변하더니 큰비를 동반한 강풍이 모든 것을 쓸어버릴 듯이 세차게 불었다. 옥외 주차장에 있던 사람들은 여기저기로 비를 피했다. 그러나 어린아이 두 명이 비바람 속에서 크게 울면서 엄마를 찾고 있었다. 비바람이 실로 심하게 부는 듯해 나는 차문을 열고 아이들이 안으로 들어와 비를 피할 수 있도록 손짓했다. 작은 사내아이는 어리둥절해하며 들어오려 했지만, 그애 누나는 나쁜 사람이 아이들을 속이는 이야기가 생각난 건지 한 손으로 동생을 붙잡고는 더 크게 울기 시작했다. 때마침 아이들의 엄마가 주차장에 도착했다. 엄마를 보자마자 아이들 얼굴에 떠오른 그 기뻐하는 표정은 내 평생 잊지 못할 것이다.

아이들이 비바람 속에서 엄마를 기다리는 모습을 모두들 상상할 수 있을 것이다. 이제 한 성인이 곤경에 처했을 때 엄마를 그리워한 이야기를 하려 한다. 지어낸 이야기가 아니라 직접 겪었던 일이다.

삼십 년 전, 나는 대학을 다니고 있었고 타이베이 교도소를 자주 방문해 수감자들을 만났다. 여전히 그때를 기억하는데, 교도소는 아이궈시로愛國西路에 있었다. 수감자들과 만나는 방식은 그들과 농구를 하거나 이야기를 나누는 것이었다.

당시 나는 까무잡잡하면서 마르고 키 큰 어느 수감자와 대화가 통했다. 그가 책 보는 것을 매우 좋아해서 나는 어떻게든 방법을 강구해 책을 여러 권 보내주었다. 나는 그가 수감자들 사이에서 교육 수준이 비교적 높다는 것을 알았다. 그는 타이베이의 한 유명 고등학교를 졸업했고, 나보다 일고여덟 살 더 많았다. 수감자들에겐 매주 대략 세 번의 면회시간이 있었다. 다른 수감자를 만나려 할 때면 문전박대를 당했지만 그는 항상 날 만나주면서도 모질게 굴지 않았다.

그는 어머니 얘기를 꺼낼 때가 많았다. 어머니는 매우 인자하신 분으로 자주 면회를 오신다고 했다. 하지만 나는 처음부터 줄곧 그 말을 그다지 믿지 않았다.

이 수감자가 당시 머물던 곳은 사실 구치소였다. 형을 선고받지 않은 자들이 모두 이곳에 구금되어 있었고, 형을 선고받은 자들은 다시 다른 교도소로 옮겨졌다. 어느 날 이 수감자가 이사를 가야 한다고 말했다. 이제 형을 선고받아 정식으로 징역살이를 해야 하기 때문이라고 했다. 이야기를 나누며 그제야 그가 군인 신분임을 알게 되었다. 아마도 군복무중에 어떤 죄를 지었던 모양이다. 신 덴新店의 군교도소로 보내져 복역해야 한다고 했다.

그가 신덴의 군교도소에서 복역할 때, 나 또한 예비 군관*이 되었다. 타이베이에서 복무하게 되었고 주말에 가끔 그를 보러 갔다. 내 기억에 신덴의 군교도소에 가려면 공군 공동묘지를 지나야 하고, 다시 큰 나무들로 우거진 길을 거쳐야 했다. 군교도소는 그 길의 끝자락에 있었다.

어느 날 그를 보러 갔을 때, 그에게 면회금지처분이 내려진 사실을 알게 되었다. 교도관과 얘기를 나눠보니 대략 한 달 뒤에나 그를 만날 수 있다고 했다. 한 달이 지난 후, 드디어 그를 만났다.

---

* 대만에서는 1951년부터 징병제를 실시하다 2011년부터 점진적으로 모병제를 추진했고, 2018년에 완전히 징병제를 폐지했다. 예비 군관은 필기시험 후 소위(少尉)로 임명된다.

그리고 나는 안타까운 얘기를 듣게 되었다. 그는 징역 기간 동안 일을 해서 어느 정도 돈도 벌었다고 했다. 내 기억으로는 안쓰러울 만큼 적은 금액이었으나 그에게는 그것이 가진 전부였다. 그는 여태껏 아무도 모르게 그 몇십 위안을 아주 비밀스러운 장소에 숨겨두었다. 하지만 예상치 못하게 한 교도관이 그 돈을 훔쳐갔고, 그는 홧김에 그 교도관과 치고받으며 싸웠다.

여러분은 내 친구가 겪었을 비참한 상황을 상상할 수 있을 것이다. 그가 저지른 일은 상당히 심각한 행위였다. 그는 밤에 광장으로 끌려가 흠씬 두들겨맞았고, 그러고는 아주 작은 수감실에 갇혔다. 게다가 24시간 내내 수갑이 채워졌다.

그는 내게 이 얘기를 하면서 눈물을 흘렸다. 우리가 이야기를 나눌 때, 옆에서 신체 건장한 한 병사가 듣고 있었다. 그 병사는 아무것도 들리지 않는 것처럼 무표정하게 먼 곳만 바라보고 있었다.

그러다 그가 갑자기 어머니 얘기를 꺼냈다. 만약에 내가 자신의 어머니를 만나본다면 그를 새로운 눈으로 다시 보게 될 것이라 했다. 그는 늘 모든 것에 의욕 상실을 느끼지만, 어머니 생각만 하면 기분이 한결 나아진다고 했다.

그가 다시 어머니 얘기를 꺼내기에 나는 그의 집주소를 물었다. 그리고 어느 토요일 해질 무렵 내 고물 자전거를 타고 그 어머니를 만나러 그의 집으로 향했다.

그 집은 지금으로 치면 '중샤오둥로忠孝東路'에 있었는데, 당시에는 그 길을 '중정로中正路'라고 불렀다. 집이 너무나 멀어 쑹산구松山區까지 갈 듯했다. 전형적인 일본식 가옥이었고 부근에 있는 모든 집들도 마찬가지였다. 누가 봐도 중하층 공무원의 관사임이 분명했다. 나는 공군 소위 제복을 갖춰 입고 가서 예의를 다해 내 소개를 했다. 그리고 그 친구의 이름을 말했다.

그 집에는 나보다 더 어린 자녀들도 있는 듯했다. 대략 두세 평정도 되는 거실에 나를 앉게 했다. 거실에 배치된 가구는 초라하기 그지없었다. 다 낡은 의자 몇 개뿐이었다. 내가 앉자마자 분위기가 어색해진 것을 느꼈고, 무슨 일인지 재빨리 눈치챘다.

친구의 아버지가 들어왔다. 부자는 매우 닮았다. 아버지는 제구실도 못하는 아들을 일찌감치 인정하지 않는다고 매우 엄숙하게 말했다. 집안에 이런 창피한 아들이 있다는 걸 인정할 수 없기 때문에 오래전부터 아들과 왕래하지 않았을 뿐더러 가족들의 왕래마저 줄곧 금지시켰다. 그가 교도소에 들어간 뒤부터 가족 중 어느 누구도 왕래한 적이 없었다고 했다.

나는 바로 깨달았다. 어쩐지 매번 그를 쉽게 만날 수 있더라니. 어머니는 실제로 단 한 번도 그를 보러 간 적이 없었고, 그가 말하는 "우리 어머니가 나를 보러 오셨어"는 그저 환상일 뿐이었다.

그의 어머니도 뵐 수 있었는데, 전형적인 중국 여성이었다. 마르고 키가 매우 작으며 옷차림은 대단히 소박했다. 어머니는 시종 단 한 마디도 하지 않았다.

나는 그의 아버지가 뭐라고 말하든지 신경쓰지 않고 가족 모두에게 하나도 빠짐없이 말했다. 그가 어머니를 많이 그리워하고 있다고. 하지만 이 엄격하기 그지없는 아버지는 오히려 내게 빨리 꺼지라는 눈치를 주었다. 다행히 공군 제복을 입고 타이완대학교 전기기계학과를 졸업했다고 소개했기에 망정이지, 아니었으면 진작 쫓겨났을 것이다.

　나는 매우 실망스러운 마음으로 집을 떠났고, 그의 아버지는 앞으로 다신 찾아오지 말라고 문 앞에서 한번 더 으름장을 놓았다.

　그러나 내 자전거가 겨우 한 모퉁이를 돌았을 때 뒤에서 발소리가 들려왔다. 그의 여동생이 급하게 따라오면서 나를 불러 세웠다. 어머니가 뒤에 따라오고 있다고. 어머니는 어떻게 하면 아들이 있는 곳을 찾을 수 있는지 알고 싶어했다. 아들을 만나러 가고자 했기 때문이다. 나는 바로 신뎬의 군교도소까지 가는 방법을 알려주었고, 그 둘은 재빨리 고맙다는 인사를 하고는 곧장 집으로 들어갔다.

　하늘은 이미 어두컴컴해졌고, 나는 매우 고요하고 황량하기까지 한 곳에 있었다. 주위를 둘러보니 모두 일본식 목조 건물이었고, 집집마다 대나무 울타리로 둘러싸인 작은 정원이 있었다. 그리고 저마다 불이 켜져 있었다. 가족끼리 한자리에 모인 온기를 느꼈고, 내 친구와 어머니가 머지않아 정말로 만날 것임을 알았다. 살면서 감당할 수 없는 어려움 속에도 분명 신은 모든 것을 계획하고 있으며, 나는 그저 신이 그 뜻을 행하기 위해 선택된 하나의 수단일 뿐임을 그 순간 느낄 수 있었다.

역시 나는 친구를 만날 수 없었다. 그는 교도소에서 내게 편지 한 통을 보냈다. 어머니를 만났다는 얘기였다. 그때 나는 제대 수속을 밟고 미국 유학을 준비하고 있었다. 떠나기 전에 그와 마지막으로 만났다. 살도 쪘고 얼굴에는 웃음이 생겼다. 어머니가 음식을 자주 챙겨 오셔서 살이 쪘다고 했다. 남동생과 여동생이 각각 진학시험을 치렀다는 소식도 들려주었다. 그는 마지막으로 내게 제대하고 나면 무엇을 할 것인지 물었다. 미국으로 유학을 떠난다고 하자 갑자기 그의 미소가 사라졌다. 그는 말했다. "믿을지 모르겠지만 그간 네가 날 보러 와주고, 나와 가족이 다시 모일 수 있게 해줘서 정말 고맙게 생각해. 우리 둘의 우정이 여기서 끝날 거라는 게 안타깝다. 넌 사회에서 한 걸음씩 앞으로 나아갈 수 있지만, 난 단지 범죄자잖아. 우리 사이는 점점 멀어질 테고, 계속해서 친구로 지낼 수는 없을 거야."

그는 이어서 말했다. "이참에 우리 같은 사람들을 위해서 평생 전문적으로 일할 생각은 해본 적 없어?"

나는 말을 잇지 못했다. 내 허영심은, 명예와 이익을 좇는 기회를 기꺼이 포기하도록 두지 않았다. 삼십 년이 지났다. 마지막까지 수감자를 위해 봉사하지 않은 일이 여태껏 너무나 부끄럽다. 일에서 어느 정도 성과를 낼 때마다 마음은 오히려 더욱 편치 않왔다. 지면을 빌려 친구에게 감사를 전하고 싶다. 그는 내가 세월을 허투루 보내지 않았다고 느끼게 해주었다. 최소한 내 딸에게 자랑스럽게 말해줄 수 있다. "아빠가 좋은 일을 하나 했었단다"라고. 이제 난 쉰이 넘었고, 친구는 아마 이미 예순이 되었을 것이다. 그가 해준 말이 내게 매우 큰 영향을 끼쳤음을 그가 알았으면 한다. 미국에서 고국으로 돌아와 봉사를 하겠다고 결정한 이유에는 "전문적으로 일할 생각은 해본 적 없어?"라는 그의 이 한 마디가 한몫했기 때문이다.

세상에는 많은 직업이 있고, 맡은 일을 아주 잘해내야만 사회에 영향을 끼친다. 나는 항상 생각한다. 평범한 무용가를 예로 들자면, 세상을 바꿀 만한 업적을 이루어내지 못할 수도 있지만, 어머니가 된다면 바로 이야기가 달라진다. 평범한 어머니일지라도 사회에 매우 직접적인 영향을 미칠 수 있다.

마술봉이 있었으면 좋겠다. 봉을 한 번 휘두르면 천하의 어머니들이 모두 평범하면서 또 자애로운 어머니가 될 테고, 우리의 교도소는 이로 인해 절반이 빌 것이라고 믿는다. 내가 한번 더 이 마술봉을 휘두르면, 이 나라의 몇만 자원봉사자들이 기꺼이 교도소의 수감자들을 위해 봉사할 테고, 우리의 교도소는 거기서 또 절반이 비게 될 것이라고 믿는다.

1990년 5월 12일 연합보 문예칼럼

황야 여행

한 영국 친구에게 스코틀랜드 스카이섬에 간다고 했을 때, 그 친구는 손가락을 입에 가져다대고는 조그맣게 말했다. "쉿, 네가 스카이섬에 가려는 것을 다른 사람에게는 절대 알리지 마! 여행객 무리들이 결코 그곳으로 몰려들게 해선 안 돼! 특히 교양 없는 미국인들이 이 섬을 알게 해선 안 돼."

영국에 황야를 보러 간다는 것은 이해하기 어려운 생각일 수 있겠다.

수많은 영국 소설에 황야가 자주 등장하는데, 『폭풍의 언덕』이 가장 좋은 예로 남녀 주인공은 늘 황야에서 만난다. 또한 폭풍의 언덕 근처에 있는 황량한 배경이 여러 차례 묘사되었다. 『제인 에어』는 또다른 예로, 남자 주인공은 눈이 먼 뒤에도 여전히 황야를 향해 여자 주인공의 이름을 외친다. 탐정 소설 '셜록 홈스'를 보더라도 많은 이야기들이 황야에서 발생한다. 셜록 홈스가 어느 시골의 대저택에 도착할 때면 밤에 침실 창문을 통해 짙은 안개가 천천히 바깥의 황야를 뒤덮는 장면이 등장한다. 누군가 그 황야에서 무서운 살인 사건을 꾸미는 것이다.

물론 영국의 황야가 세계적으로 뛰어난 풍광을 자랑하는 건 아니다. 하지만 그곳의 황야는 변함이 없는 황야라는 큰 장점이 있다. 나처럼 문명세계에서 벗어나고자 하는 사람들에게 영국의 황야는 무엇과도 비교할 수 없는 흡입력을 여전히 지니고 있다.

휴가 기간이 닷새밖에 되지 않아 어쩔 수 없이 황야 두 곳을 선택했다. 하나는 스코틀랜드 서해안의 스카이섬이고, 다른 하나는 『폭풍의 언덕』과 『제인 에어』의 작가인 브론테 자매가 살았던 하워스 황야다.

스카이섬에 가기 위해 대부분의 사람들은 먼저 스코틀랜드 가장 북쪽의 큰 도시인 인버네스에 간다. 나는 밤 열시 정도가 되어서야 인버네스에 도착해 작은 여관을 찾았다. 여관 주인은 한눈에 봐도 스코틀랜드 토박이인 것 같았다. 붉고 둥그스름한 얼굴에 상냥한 태도를 지녔다. 그는 다락방처럼 보이는 곳으로 나를 안내했다. 창이라고는 유일하게 지붕창뿐이었는데, 바깥 하늘에 별이 총총히 떠 있는 모습을 볼 수 있었다. 사실 이 여관은 이전부터 자신의 집이었고, 어렸을 때는 이 방에서 잤다고 여관 주인은 말했다.

안타깝게도 오늘밤에는 비가 내리지 않지만, 비가 내릴 때면 지붕과 창문으로 떨어지는 빗방울소리가 들리며 시적 정취가 물씬 풍긴다고도 했다.

스카이섬으로 가는 기차는 새벽 여섯시 사십오분에 출발했고, 객실 안에는 나와 오스트레일리아에서 온 화학과 교수 단둘뿐이었다. 그 교수는 확실히 낭만파였다. 이미 일부러 글래스고에서 서쪽으로 가는 기차를 타고 종점까지 갔다가 탔던 기차를 다시 타고 돌아온 적이 있다고 했다. 지난번 기차로 여행할 때는 겨울이었는데 기차 밖으로 온통 눈 덮인 산과 황야였다고도 했다. 가는 길에 밑바닥이 환히 보일 만큼 맑은 호수가 자주 나타났고 호수 언저리에는 산들이 되비쳤는데, 석양이 질 때 그 아름다움이 최고조에 이르렀다고 그는 말했다.

우리가 탄 기차는 짙은 안개를 뚫고 인버네스를 떠났고, 희미하게나마 푸른 목장을 볼 수 있었다. 비록 안개는 꼈지만 이미 어떤 사람은 말을 타고 황야를 천천히 가로지르고 있었다. 기차는 먼저 북쪽을 향해 달렸기 때문에 마침 동쪽에서 안개 위로 붉은 해가 떠올랐고, 초원과 숲, 머리를 숙이고 풀을 뜯는 소와 양을 담은 풍경이 한 시간이나 계속되었다.

인버네스는 상당히 훌륭한 도시다. 부근의 들판은 황야라기보다는 비옥한 농장이란 말이 어울린다고 해야 할 것이다. 인버네스에서 벗어날수록 스코틀랜드 해안에 가까워졌다. 스코틀랜드 산

악지방 특유의 황량한 풍경이 차창 밖으로 펼쳐졌다.

영국에서 우리는 늘 넓게 펼쳐진 대초원을 보았다. 우리처럼 도시에서 온 사람들에게 이런 초원은 이미 마음과 눈을 즐겁게 하기에 충분했다. 그러나 얼핏 봐도 누군가 관리하고 있는 황야라는 걸 알 수 있었고, 이내 잔디를 깎는 자동화 기계가 보였다. 영국 황야의 참모습은 높은 산봉우리에 있다. 대부분 아주 척박해서 대규모로 목초를 심을 방법이 없고 숲을 이루도록 일굴 수도 없다. 그래서 황야는 온통 야생식물로 뒤덮여 있었는데, 도통 이해할 수 없는 건 이 식물들이 어수선하게 자라지 않고 땅에 바싹 붙어 가지런히 자란다는 점이다. 가령 대만에서 애써 의도해 심은 금잔디 모양 같았다. 황야에는 헤더라고 불리는 연자주색 야생화가 활짝 피었다. 스코틀랜드 황야 전체가 이렇게 활짝 핀 야생화로 거의 덮여 있었고, 야생화가 없는 곳에는 벨벳 같은 초록빛 풀이 덮여 있었다.

스코틀랜드 황야의 또다른 특색은 호수가 많다는 점이다. 이유는 모르겠지만 이런 호수들은 하나같이 가늘고 긴데다 양옆에는 높은 산이 있고 물은 바닥이 보일 만큼 맑고 투명하다. 유럽 대륙에 유명한 호수가 많이 있지만, 그런 호수들 부근은 대개 상업화되어서 현대적인 호텔이 그 주변에 함께 보여 아름답지 않다. 스코틀랜드의 호숫가에는 어떠한 큰 호텔도 보이지 않을 뿐 아니라 일반 주택도 많지 않다. 반면 폐허가 된 고성 한두 채는 여느 호숫가에나 남아 있는데, 해질 무렵 석양 아래에서는 그런 고성이 스코틀랜드의 호수에 절로 쓸쓸한 아름다움을 더해준다. 스코틀랜드의 호수가 사람들을 낭만적인 사색에 빠져들게 하는 건 하나도 이상한 일이 아니다. 〈로몬드 호수〉라는 감미로운 스코틀랜드 민요도 이 때문에 온 세계에 널리 유행했다.

스카이섬으로 가는 기차 여행의 마지막 여정은 온전히 호수를 따라 느릿느릿 미끄러지며 가는 것이었다. 역 하나가 호숫가에 있어 기차가 멈추자 몇 안 되는 여행객들이 모두 내려서 산책을 했다. 열차 차장이 따라 내려 거듭 재촉하고 나서야 우리는 기차에 다시 올랐다. 이곳의 기차는 인간미가 있어서, 이렇게 중간에 산책을 하고 싶어하는 여행객들을 잠시 기다려주기도 한다.

기차에서 내리니 여객선이 기다리고 있었다. 여객선은 무료로 이용할 수 있었고 자동차 열 대 정도가 배 위에 있었다. 걸어서 가는 여행객은 우리 둘뿐이었다. 스카이섬에 도착하니 낡고 오래된 빨간 버스 한 대가 우리를 기다리고 있었다. 나는 왕복표를 샀는데, 실은 영수증이 표를 대신해주었다. 나라는 사람은 항상 덜렁대는지라 받자마자 표를 잃어버려 도무지 찾을 수 없었던 것이다. 나중에야 바지 뒷주머니에서 찾았다. 표를 판 기사는 내게 조급해하지 말라고 하더니, 정거장에 도착한 후 종이 한 장을 가져와 푯값을 적고 서명한 뒤 날짜를 기재했다. 이 서명된 종이는 그후 과연 효력이 있어서 나중에 돌아가는 표로 사용할 수 있었다.

스카이섬은 실로 황량한 섬이었다. 괜찮은 여관이라고는 한두 곳뿐이었는데 그런 곳들의 외관은 마치 부잣집 같은 모습이었다. 섬에는 육백사십 킬로미터에 달하는 길이 있는데, 그 양옆으로는 모두 사람이 드나들지 않는 넓게 탁 트인 들판이었다. 가끔씩 하얀 시골집 한두 채를 볼 수 있었다. 작은 집 바깥에는 언제나 아주 아름답게 손질된 화단이 있었다. 영국 사람들은 꽃을 심는 것을 좋아한다. 섬에는 가지각색 꽃을 보급하는 큰 꽃밭이 있었다. 작은 시골집 화단에서 이렇게 활짝 핀 꽃을 많이 볼 수 있는 건, 사실 그들이 직접 심은 게 아니라 꽃밭에 가서 이미 피어 있는 꽃을 사왔기 때문이다.

스카이섬의 중앙에는 산이 있다. 황량한 산이었다. 영국 정부는 여기 일부에 숲을 조성했는데 다행히도 대규모로 만들지는 않았다. 그렇지 않았다면 스카이섬은 그런 황량한 아름다움을 잃어버렸을 것이다. 황량한 아름다움이 있는 산이란 나무가 없고 단지 푸른 풀과 야생화만 있는 산이다. 게다가 많은 산들이 구릉으로 이루어져 있어서 스카이섬은 우리처럼 등산은 하고 싶지만 높은 산을 오를 수 없는 사람들에게 딱 알맞다. 스카이섬에서는 언제 어디서나 산 하나를 보고 위로 걸어올라갈 수 있다.

나는 여기 스카이섬에 오기 전에 이곳에 '올드맨 오브 스토르'라고 불리는 바위기둥이 있다는 것을 알았다. 멀리서 보면 이 바위기둥은 미국의 수도 워싱턴에 있는 기념탑 같지만 오히려 산 정상에 곧게 우뚝 서 있다. 이번에는 시간이 없어서 올라갈 수 없었지만 등반하는 게 그리 어렵게 보이지 않으니 다음번에는 반드시 올라가봐야겠다.

몇 년 전, 숀 코네리가 연기한 영화를 본 적이 있다. 그 영화의 야외 장면은 모두 스코틀랜드 하이랜드에서 촬영했다. 나는 이전에 보았던 영화 속 스카이섬의 산 정상에 간신히 오른 셈이었고, 눈앞에 펼쳐진 스카이섬의 황야를 남김없이 쭉 훑어보았다. 그곳 사람들은 스코틀랜드를 두고 여전히 참매가 날아다니는 지방이라고 스스로 말한다. 엉뚱하게도 나 자신이 한 마리의 참매라고 상상할 수 있었던 건, 그렇게 먼 곳까지 볼 수 있었기 때문이다. 눈길이 닿는 데까지 멀리 바라보면 사람 한 명, 자동차 한 대, 심지어 집 한 채도 볼 수 없었고, 바람소리 외에는 어떠한 소리도 들을 수 없어, 대지에는 온통 정적만이 흘렀다. 나의 영혼 깊숙한 곳에서 영국 민요 〈대니보이〉가 울려퍼졌다. 특히 '산골짜기에 조용히 흰 눈이 덮였네'. 이 구절은 당시 내 심정을 가장 잘 묘사했다.

스카이섬에서 돌아오는 버스에는 승객이 나 혼자뿐이었다. 마주한 차창 밖으로 내게 무한한 그리움을 안겨준 황량한 풍경에게 안녕을 고하며, 기사와 이야기할 화제를 생각했다. 운전석 옆에는 초콜릿맛 사탕 상자가 하나 놓여 있었다. 기사는 내가 호의를 가지고 이야기를 나누고 싶어하는 걸 알아채고 내게 초콜릿맛 사탕 두 알을 건넸다.

이튿날에는 스코틀랜드와 작별하고 브론테 자매가 살았던 옛집을 방문했다. 브론테 자매 중 적어도 둘은 우리가 익히 잘 아는 인물들이다. 샬럿 브론테는 『제인 에어』의 작가이고, 에밀리 브론테는 『폭풍의 언덕』의 작가다. 그들이 살았던 옛집은 스코틀랜드 북쪽의 하워스라고 불리는 작은 마을 부근의 황야에 있는데, 많은 여행객이 산책하기 좋아하는 곳이다.

하워스에 가기 위해 몇 번이나 기차를 갈아타야 했다. 마지막 기차 여정은 단 이십 분 정도였는데, 알고 보니 증기기관차였다. 영국의 위대한 업적 중에서 단 하나 남아 있는 증기기관차 철로였고, 기차는 비교할 수 없을 만큼 아주 낡았다. 승무원은 물론 기관사조차 전부 자원봉사자였다. 그들은 증기기관차 운행을 계속하기 위해 정부에 끊임없이 요구했다. 비록 승객은 많이 줄었지만 자원봉사들 덕분에 아직도 유지되고 있었다.

감탄을 자아낸 곳은 철로 인근의 작은 기차역이었다. 비록 크기는 꽤 작았지만 매우 품위가 있었다. 기차역 주위로는 꽃이 가득 심겨 있었고, 전등 장식도 고전적인 스타일을 그대로 유지하고 있었다.

하워스 정류장을 나오니 대략 저녁 일곱시쯤 되었고 길거리에는 인적이 없었다. 간신히 'B&B' 팻말 몇 개를 찾았지만 주인이 보이지 않았다. 영국을 여행하는 사람들은 대부분 가정집에 묵는 것을 좋아한다. 정부가 발급한 허가증을 받은 가정은 문어귀에

'B&B' 팻말을 걸어두고 여행객 한 명당 하룻밤에 15파운드 정도를 받는다. 침실이 제공되는 것 외에 김이 모락모락 나는 따뜻한 영국식 아침도 즐길 수 있다. 나는 난감하던 차에 홀연히 '작은 집 임대' 팻말을 보았고, 누군가가 안에서 저녁을 먹고 있는 모습도 보였다. 염치 불고하고 가서 문을 두드렸다.

쉰 살이 넘어 보이는 부부가 문을 열어주었다. 분명 작은 집을 세놓는 건 맞지만 가족 단위로 빌려준다고 했다. 게다가 한번에 일주일씩 세를 준다고 했다. 그래서 나처럼 하룻밤만 묵는 사람에게는 난색을 표할 수밖에 없었다. 그러나 내가 열심히 간청한 끝에 남자 주인이 "이 가여운 젊은이(나는 이미 쉰세 살이었다)가 길거리를 떠돌아다니게 할 수는 없지!"라고 말했다. 그래서 간신히 하룻밤을 지낼 방을 찾게 되었다.

하워스 마을은 영국의 전형적으로 아름다운 작은 마을이다. 마을을 통틀어 돌이 깔린 작은 거리가 하나 있는데, 도로 양쪽의 건물은 모두 돌로 만들어진 오래된 집이고, 거리의 가로등도 옛 모습 그대로인 가스등이었다. 비록 아름답긴 했지만 밤이 되어 텅 빈 거리에 홀로 남게 되고, 마을 옆 황야의 안개가 스멀스멀 밀려오니 영국의 살인 사건을 그린 영화가 절로 떠올랐다.(나는 고작 영화 〈잭 더 리퍼〉를 보았을 뿐이다.)

내가 빌린 작은 집은 사실 작지 않았다. 아래층에는 거실과 주방이 있었고 위층에는 침실 네 개가 있었다. 나처럼 어리바리한 사람이 이런 집에 묵게 되자 『폭풍의 언덕』 중 황야에서 여자 주인공의 영혼이 외치는 소리가 떠올라 무서움이 끊이지 않았다. 잠자리에 들기 전 나는 부끄러운 일을 한 가지 했다. 복도의 등을 켜두었다. 집 전체가 칠흑같이 어두운 것보다는 나았다.

하워스 마을은 브론테 자매가 살았던 곳이다. 자매의 아버지는 목사였고, 온 가족이 살았던 석조 건물은 여전히 그대로 남아 박물관이 되었다. 작은 마을의 주변은 모두 들판과 황야였다. 지세가 높고 현지풍이 강해 겨울로 들어선 후에는 더욱 적막했다. 그러나 영국인은 유달리 야외로 나가 산책하는 것을 좋아한다. 브론테 자매들은 생전에 종종 근처 황야로 산책을 나갔다. 나는 일찍이 그녀들의 전기를 보면서 다들 한창 나이에 요절한 사실을 알았다. 아마도 모두 폐렴(혹은 폐결핵)으로 죽었을 것이다. 한랭한 날씨에 황야를 산책하다보면 문학적으로 영감을 얻을 수는 있겠지만 건강에는 결코 좋지 않을 것이다. 요즘 작가들이 황야를 거의 산책하지 않는 것이 어쩌면 당연한지도 모르겠다.

에밀리 브론테는 생전에 종종 황량한 길을 따라 한 농장을 찾아갔다고 전해진다. 고지에 있었던 그 농장은 부근이 온통 황무지여서 시야가 확 트였기 때문에 분명 영감을 얻기에 좋았을 것이다. 『폭풍의 언덕』은 바로 그곳 농장을 토대로 쓴 것이다.

내가 하워스에 간 목적이 바로 그 농장이었다. 농장은 작은 마을에서 오 킬로미터 떨어져 있었고 반드시 도보로만 갈 수 있었다.

날이 밝자마자 현지의 여행안내센터에 가서 지도 한 장을 받아 그걸 보며 찾아갔다. 다행히 이 유명한 브론테 길을 따라 표지판이 있었다. 영어 이외에도 중국어 안내가 있어서 길을 잃을 리는 없었지만 나 혼자뿐이어서 아무래도 좀 외로웠다. 반대 방향에서 산책하고 돌아오는 노부부를 가까스로 발견하고 재빨리 '폭풍의 언덕'이 어디쯤 있는지 물어보았다. 노인의 대답을 듣고 나도 모르게 '헉' 하고 놀랐다. 적막한 농장은 보기에도 매우 멀어 바라볼 수는 있었으나 가까이 가기에는 어려워 보였다. 노인은 자신 없어 하는 나를 보고 바로 격려해주었다. "젊은이, 한 시간만 더 걸어가면 도착하네." 서양 노인 앞에서 어찌 위축되겠는가. 나는 하릴없이 무리해서 앞으로 나아갔다.

브론테 다리라고 불리는 곳에 도착해서야 간신히 흰옷을 입은 젊은 여성이 보였다. 동양인인 그 여성은 한 구간 정도 앞서가고 있었다. 이번에는 정신이 번쩍 들어 분발해서 걸음을 재촉했다. 예상치 못하게 그 앞으로 올라야 할 곧게 뻗은 산길 한 자락이 나타났다. 길을 오르면서 나는 힘든 소처럼 헐떡이며 수명이 반으로 줄어드는 것 같았다. 흰옷을 입은 젊은 여성과의 거리가 점점 멀어져 더욱 낭패감이 들었다.

이 산책길의 초반에는 그래도 목장 가운데를 통과하면서 길옆으로 드문드문 집을 볼 수 있었다. 대략 삼십 분 후에는 그야말로 완전히 황야뿐이었는데, '폭풍의 언덕'에 도착하고서야 농장이 산

꼭대기에 있었다는 것을 알았다. 모든 산골짜기가 훤히 잘 보였지만 산골짜기마다 집이 한 채도 없었다. 사람의 손길이 닿은 흔적이라고는 전혀 없었다. 끝없이 펼쳐진 자줏빛 헤더 군락이 산들바람에 흔들리는 모습을 보고 누가, 왜, 여기에 농장을 꾸렸는지 이해할 수 없었다. 사방으로 펼쳐진 들판의 고요함을 즐기기 위해서였을까. 그러나 가을과 겨울에 이곳은 큰눈으로 덮이고 게다가 바람도 심하다. '폭풍의 언덕'에 사는 주인은 분명 세상과 동떨어져 지내기를 좋아했을 것이다. 이 길의 노정을 다 마쳤을 때 나는 마음속으로 은근히 샬럿 브론테에게 탄복했다. 놀랍게도 황야에서 몇 시간씩 산책을 했다니 말이다. 세 자매가 유명한 작가가 될 수 있었던 까닭이 이 황야 산책과 관계가 있는지도 모르겠다.

'폭풍의 언덕'에서 나는 그 흰옷 입은 젊은 여성을 찾았다. 일본인인 그녀는 고맙게도 내 사진을 한 장 찍어주었다. 사진을 찍을 때 검은 양이 다가와 나를 다정스럽게 대해줘 (증명할 사진이 있다) 더없는 따스함을 느꼈다. 되돌아가는 길에 이 젊은 여성과 동행했는데, 워낙 나는 듯이 가볍고 빠르게 걸어 두 번이나 그녀를 불러 세워야 했다. 나는 부끄러웠다. 하지만 그녀보다 서른 살이나 많음에도 세 시간 만에 십 킬로미터를 완주할 수 있었다는 것만으로 이미 괜찮은 셈이었다.

황야와 작별하고 런던으로 돌아왔다. 여행할 때 입은 유랑자의 옷을 벗어버리고 넥타이를 매고 양복을 갖춰 입었다. 교수라는 신분에 걸맞게 돌아왔다. 그럴듯한 호텔 식당에서 저명한 교수들 몇 명과 저녁을 먹었다. 종업원은 굉장히 친절했으나 어떠한 표정도 보이지 않았고, 요리는 매우 섬세하고 고급스러웠지만 맛은 조금도 없었다. 바로 그때 식당에서 홀연 비발디의 〈사계〉가 흘러나왔다. 내 마음은 이내 산들산들 미풍이 부는 끝없는 황야 위로 날아올랐다. 나는 조용히 말했다. "너희들이 언제까지나 황야이고 참매가 변함없이 선회한다면, 나는 반드시 돌아갈 것이다."

친애하는 독자 여러분, 만약 황야의 아름다움을 즐기고 싶다면 부디 교양 없는 친구에게 알리지 마세요. 스카이섬에 힐튼호텔과 맥도널드가 들어오면 모든 것이 끝난답니다.

1991년 11월 17일 연합보 문예칼럼

천국과 지옥

　어제 한밤중에 TV에서 〈마음의 고향〉이라는 영화를 방영했다. 도입부에서는 미국 남부의 소도시에서 벌어진 인종차별을 다루었다. 죄를 지은 흑인에 대해 백인이 곧바로 직접 형을 내려 목매달아 죽게 했다.

　결말에 다다라서는 마을 사람들이 함께 교회에 모여 그리스도의 성찬 예식을 거행하는 장면이 등장했다. 이때 죽었던 그 흑인과 모든 사람들이 함께 모여 찬송가를 부르며 일제히 주님을 경배하는 것이다.

　이건 도대체 무슨 의미인가? 그 흑인이 부활한 것을 의미하는가? 내가 가르치는 많은 학생들은 '오직 천국에서만 흑인과 백인이 평등하고, 오직 천국에서만 흑인과 백인이 평화를 이루며 공존하고 서로 아끼며 사랑할 수 있음'을 의미한다고 얘기했다.

당연히 원작자의 의도를 알 길이 없었지만 어떻게든 비교적 건설적인 해석을 만들어내고 싶었다. '우리가 서로 평화롭게 지낸다면 이미 천국에 있는 것이고, 우리가 서로 평화롭게 지내지 못한다면 이미 지옥에 있는 것이다.'

과거 미국 로스앤젤레스에서 한바탕 폭동이 일어났을 때도 미국 사회가 조화롭지 못하다는 점이 충분히 드러났다. 미국은 인간 사회의 천국을 건설하고 싶어하지만 이백여 년간 줄곧 인종차별의 현실을 등한시해왔다. 정관계 인사들은 인종 문제를 없애려는 노력을 게을리했을 뿐만 아니라, 오히려 그 문제를 정치화시켜 인종차별을 이용해 선거에서 표를 더 얻고자 했다. 하룻밤 사이 그들은 자신들이 화산 옆에서 생활하고 있었으며, 이 화산이 언제든지 폭발할 수 있고, 그때는 모두 속수무책일 수밖에 없음을 깨달았다.

가령 부시 대통령조차 대선 기간에 소위 '윌리 호튼' 사건을 이용해 듀카키스를 공격했다. 듀카키스가 주지사일 당시 윌리 호튼의 보석을 허가했고, 윌리 호튼은 출옥하자마자 또다시 범죄를 저질렀다. 여기서 주목해야 할 점은 윌리 호튼이 흑인이라는 사실이다. 그의 사진이 TV에 반복해서 등장하자 미국의 많은 백인들이 흑인에 대해 가진 편견이 더욱 심해졌고, 잇달아 듀카키스에게 등을 돌렸다. 부시 대통령은 정권을 잡은 대신 영혼을 포기했다고 말할 수 있다.

미국은 민주국가로서 이백여 년 전 그 위대한 지도자들은 '삶은 평등해야 한다'고 굳게 맹세했지만, 그 순간 흑인 노예제도에 대해선 일절 언급하지 않았다. 아이러니한 사실은 미국 역사상 가장 중요한 흑인 학생과 백인 학생의 분교分校 불허 판정이 국회 입법위원회를 거친 것이 아니라, 워런 대법원장이 대법관 회의에서 명분상 이루어낸 법해석이었다는 점이다. 대법관들에게는 선거에서 표를 얼마나 얻는가 하는 문제가 없었으니 그들 자신의 양심에 따라 처리할 수 있었다.

미국이 유일한 인종차별 국가라고 말할 수는 없다. 그러나 미국이 인권·자유·평등·사법의 존엄성 등에 대해 말하기를 좋아해왔기 때문에 로스앤젤레스 폭동이 세간의 주목을 끌게 된 것이다. 사실 동유럽과 러시아에서 최근에 나타난 인종갈등 문제는 미국보다 훨씬 심각하다. 특히 우리가 주목할 점은 이들 국가 모두가 민주화 과정중에 있으며, 과거 독재정부는 그래도 이러한 인종차별을 억제하고자 했다는 것이다. 최근 야심에 찬 정치꾼들이 출세의 지름길로 삼기 위해 국민들의 인종과 종교에 대한 갖가지 편견들을 이용하는 모습을 발견할 수 있다. 그들은 기필코 소위 말하는 민족주의를 크게 부추길 것이다. 무수히 많은 무고한 사람들이 이러한 종족 전쟁의 명분 아래 희생당한다는 사실이 안타깝다.

천국과 지옥, 전쟁과 평화는 그저 생각 하나의 차이에서 시작된다. 우리는 사후를 기다릴 필요 없이 지금이라도 천국에 들어갈 수 있다. 우리 마음속에 평안이 깃들어 있고, 타인에 대한 우애가 충만하다면, 설령 좀 고통스럽더라도 우리의 삶은 천국 안에 있는 것이다. 바꾸어 말해서 우리 마음속에 원한과 탐욕이 가득하다면, 설령 백만장자라 할지라도 지옥에 있는 삶과 다름없다.

우리는 백인 경찰이 흑인을 구타하고 흑인이 백인 운전기사를 폭행하는 모습을 보았다. 아르메니아인과 아제르바이잔인이 서로 죽이는 모습도 보았다. 이 모든 것들이 사람들의 마음속 증오로부터 비롯된다는 것을 알아야 한다. 이러한 원한이 없어지지 않는다면, 그들의 삶은 지옥 가운데는 아니더라도 최소한 지옥의 끝자락에는 있는 셈이다.

많은 이들이 민주화가 되고 완전한 정치제도가 갖추어지기만 하면 천국은 머지않아 다가온다고 생각한다. 독재의 쓴맛을 충분히 맛본 동독인들은 공산당을 몰아낸 후 오히려 동독의 젊은이들이 머리를 박박 밀고 나치즘을 앞장서 제창하면서 이민 노동자들을 몰아내자고 주장하는 모습을 볼 수 있었다. 미국은 이백여 년의 민주정치 동안 인종차별 문제를 해결하지 못했다. 인도에선 줄곧 자유선거가 진행되어왔지만 여전히 극도로 빈곤하고 불안정한 국가로 남아 있다.

마거릿 대처 수상은 집권 시기에 일찍이 노동당과 대립한 적이 있었다. 당시 영국 광부들의 파업이 거의 일 년이나 지속되면서 노동자들의 생활이 극도로 비참해졌으나 정치인들은 조금도 타협의 의사가 없었다. 결국 보수당의 상원의원 모리스 맥밀런 백작이 의견을 발표했다. 일찍이 수상을 역임한 적 있는 아흔이 다 된 노인은 부들부들 떨리는 목소리로 말했다. "제가 일고여덟 살 때 일찍이 노동자의 대규모 파업이 불리온 비참한 상황을 목격한 적이 있습니다. 전 이미 아흔이 되었습니다. 제가 죽기 전에 영국에서 아직도 이와 같은 대규모 노동파업이 있게 될 줄은 몰랐습니다." 맥밀런 백작은 집권 정당인 보수당의 당원이었기에 그 발언은 어떠한 정치적 색채도 띠지 않았고 전적으로 인도주의적 입장을 드러낸 것이었다. 양심을 대표하는 이 발언에 마거릿 대처 수상은 더이상 말을 잇지 못했고, 정계 인사들도 신속히 파업 문제를 처리하게 되었다.

미래에 이 세상을 통치하는 힘은 도덕적 역량에서 비롯되길 바란다. 이 도덕의 힘은 민주정치의 활동을 통해 인류의 양심을 끌어낼 수 있다. 인류의 아름다운 정서가 충분히 발휘되기만 한다면 인류에게는 곧 진정한 평화가 올 테고, 세상은 바로 천국이 될 것이다.

반대로 인류의 저열한 감정에 내맡겨 세상을 이끌어간다면, 우리는 살아 있는 지옥을 만들고 있는 셈일 테다.

1992년 5월 24일 연합보 문예칼럼

나의 사랑 나의 제자

어렸을 때, 글짓기를 할 때면 종종 '나의 ○○○'라는 제목이 주어지곤 했다. 예를 들면 '나의 아버지'(나의 아버지는 겉으론 엄격해 보이지만, 여전히 마음씨는 인자하셨다), '나의 어머니'(나의 어머니는 양손이 거칠고 투박했다), '나의 선생님'(나의 선생님은 마음이 담담하고 욕심이 없었다) 등. 지금 나는 반백을 넘어선 나이지만, '나의 학생'이라는 이 글을 통해 내 학생에 대한 감사한 마음을 표현하고 싶다.

나는 스스로 인복이 많은 사람이라고 생각한다. 부모님도 좋으시고, 아내와 친구들도 좋은 사람들이다. 딸은 아직 나이가 많지 않지만 꽤 똑똑하고 말을 잘 듣는다고 할 수 있는데 직업은 학교 선생이다. 한평생 이렇다 할 추문만 없다면 이래저래 밥은 먹고살 수 있다. 내 인생이 무탈히 여기까지 온 것만으로도 정말 하느님께 감사해야 한다. 그러나 이렇게 감사히 여길 만한 일 외에도 특별히 나를 행복하게 만드는 게 하나 있는데, 바로 수많은 사랑스러운 제자들이다.

'천하의 영재를 얻어 가르치는 깃이 어찌 기쁘지 않겠는가?'라는 옛말이 있다. 그러나 나는 제자가 영재인지 아닌지에 연연하지 않는다. 나의 경우, 제자들은 모두 '어린 녀석'이 된다. 졸업 전에 '어린 녀석'이라고 불렀다면, 졸업 후 어느 국립대학교 단과대학의 학장으로 임명되더라도 나에겐 여전히 '어린 녀석'이다. 사람들은 어려워하겠지만 나는 여전히 '어린 녀석'이라고 부르는데, 최소한 겉으로 보기에 이 어린 녀석은 이를 이미 받아들인 것 같다. 내 오래된 습관은 고치기 어렵다.

내 제자가 된다는 건 때로 운이 나쁜 일도 생긴다는 의미다. 왜냐하면 나는 테니스를 좋아하는데 지금까지 진지하게 쳐본 적이 없고 또 직장 동료와 치는 것을 싫어한다. 오히려 이러쿵저러쿵 말이 나오지 않도록 학생들과 테니스 치는 걸 좋아한다. 그애들의 이런저런 잡다한 얘기를 들을 수 있는 건 또다른 즐거움이다. 한동안 아주 일찍 눈을 떠 한 학생을 아침 여섯시 반에 일어나도록 압박하기도 했다. 내가 하도 떠들썩하게 깨워서 그 녀석은 아주 불쌍하기 짝이 없었다. 녀석은 알람시계가 고장났다는 둥, 시계를 잃어버렸다는 둥 변명이 늘 있었지만, 나는 어김없이 곧장 기숙사로 달려가 그애를 달콤한 꿈속에서 끌어내리곤 했다. 어느 날은 기숙사에 도착해보니 침대에 아무도 없었다. 내가 막 떠나려고 하자 녀석의 룸메이트가 친구를 팔아 내 신임을 얻었다. 이 '정치 테니스'에서 도망치기 위해 녀석이 옆방에서 자고 있다고 했다. 나는 스파이의 밀고를 듣고 실마리를 쫓아 녀석을 찾았다. '하늘의 그물은 매우 크고 넓어, 죄 지은 사람을 놓치지 않는다'는 말은 이런 상황을 뜻할 테다.

며칠 전, 이 녀석과 하워드호텔에서 아침을 먹었다. 이제 미국에서 일하는 그애는 업무 성과가 대단히 뛰어나며, 늘 세계 각지로 파견되어 기술 문제에 관해 강연을 한다. 녀석에게 나와 또 테니스를 치지 않겠느냐고 물어보았다. 그러자 고통스러운 표정으로 '기꺼이'라고 답했다.

나의 제자는 함께 테니스를 치면서 모조리 이기지도 않았지만, 또 무조건 지지도 않았다. 이 공 파트너가 내게 휴가를 신청한 적이 있다. 주회週會*에 가야 하기 때문에 다음번에는 올 수 없다고 했다. 지금껏 한 번도 주회에 참석한 적이 없는 걸로 알고 있는데 이번에는 왜 간다고 할까? 알고 보니 전교 테니스 대회에서 우승해 상을 받으러 가는 것이었다. 나는 이때부터 크게 기뻐하며 나

---

* 대만의 대학교에서 진행하는 비교과 활동 중 하나. 좌담회·강연·공연 등의 형식으로, 다양한 사회문제를 토론한다.

자신의 테니스 실력에 큰 자신감이 생겼다. 사람들을 만나면 나는 칭화대학교의 테니스 우승자와 공을 쳤는데 져본 적이 없다고 말했다.

어느 날 테니스장을 지나면서 나의 제자가 동급생과 테니스 치는 것을 보았다. 공을 받아치고 스매싱하는 모습이 사납기가 이루 말할 수 없었다. 만약 그애가 나를 이렇게 상대했다면 아마 나는 하나도 받아넘기지 못했을 것이다. 이때부터 녀석이 얼마나 선량한지 비로소 알게 되었다. 너처럼 선량한 사람은 나중에 반드시 천국에 가게 될 거라고 나는 늘 녀석에게 말했다. 그애는 큰 의혹이 풀리지 않는다는 듯 선생님과 테니스를 치는 일로 왜 천국에 갈 수 있는 건지 이해하지 못했다.

이 제자는 다재다능해서 테니스뿐만 아니라, 신의 경지라 할 만큼 춤도 대단히 잘 췄다. 나중에 결혼을 했는데, 그의 아내는 녀석과 한 차례도 춤을 춰본 적이 없다고 했다. 알고 보니 녀석은 몹시 총명해서 춤출 때는 절대 감정을 갖지 않으려 애쓰며, 인생의 동반자로 반드시 현모양처 타입의 여자를 찾으려고 하였다. 그의 아내는 독일에서 일한다. 녀석의 말에 의하면 그녀의 아랫사람들은 전부 '우둔한 독일 사내들'이고, 우리 칭화대학교 전기기계학과의 우등생과 비교하면 하늘과 땅 차이라고 한다.

아침에 기숙사에 가서 제자를 붙잡아 테니스를 치는 것 외에 악습관이 또 하나 있었다. 학문에 대해 토론하는 것이었다. 한밤중에 전화를 해서 이렇게 귀찮게 구는 것을 제자들은 계속 견딜 수 없어 했지만 어찌해볼 도리가 없어 그저 모두 끊임없이 고통을 호소할 뿐이었다. 결국 우수한 제자님들 몇몇은 학교 기숙사에서 살지 못하고 학교 밖에서 살게 되었다. 한 명은 내가 저녁에 전화해 떠드는 것을 피하기 위해 죽어도 전화를 설치하려 하지 않았다. 그러나 나중에 여자친구를 사귀고서는 어쩔 수 없이 전화를 설치했다. 이 제자는 지금 남부 어느 대학교에서 교편을 잡고 있다. 나는 아직 나쁜 습관을 버리지 못해 여전히 녀석에게 전화를 걸어 학문에 대해 이야기한다. 한번은 주말 오후에 전화로 토론을 하고 싶었는데, 녀석이 아이를 데리고 나가 놀아야 해서 안 된다고 했다. 무슨 연유에선지 나는 그날 오후에 또 전화를 걸었다. 이번에는 그의 아내가 전화를 받고서 말하길, 남편은 아이를 데리고 나가 논 적이 없고, 브리지 클럽에서 게임을 한다고 했다. 그러면서 클럽의 전화번호를 알려주었다. 전화를 걸어 어느 대학교의 양楊 교수를 찾는다고 하니 그들은 놀랍게도 사람 찾는 방송을 해주었다. 우리의 사랑스러운 제자님은 정말 화가 나서 죽을 지경이었다. 내가 매번 전화를 걸어 녀석을 찾기 때문에 요즘은 브리지 게임을 하러 가지 않는 것 같았다. 집 아니면 연구실에 머물면서 더할 수 없을 정도로 연구에 매진하고 있다.

또다른 나쁜 버릇은 학생을 붙잡아 같이 밥을 먹는 것이다. 때때로 아내랑 아이가 없으면 지나가는 학생을 아무나 잡아서 함께 밥을 먹으러 간다. 한 제자가 내게 안 된다고 말한 적이 있다. 할머니가 타이베이에서 오셔서 집으로 모시고 가야 하기 때문이라고 했다. 그 이유가 비할 바 없이 숭고해 나는 당연히 억지로 강요할 수 없었다. 그런데 그날 저녁, 다른 문제가 있어서 녀석을 찾았다. 집으로 전화를 걸자 어머니가 받더니 녀석이 여자친구와 함께 밥을 먹으러 나갔다고 알려주었다. 타이베이에서 할머니가 오신다는 건 애초부터 있지도 않은 일이었다. 녀석은 제 발이 저렸는지 밥을 반만 먹고 집으로 전화를 걸어서 선생님이 자신을 찾았는지 물어보았다. 어머니가 사실대로 말하자 녀석은 밥을 다 먹지 않고 여자친구를 내버려둔 채 급히 연구실로 와서 나를 찾았다. 녀석은 천진난만한 척을 잘했는데 이번에도 예외가 아니었다. 앞으로 다시는 '할머니가 오셨다'는 핑계를 대지 않겠다고 어린아이마냥 약속했다.

나는 줄곧 고물 자동차를 몰았다. 한번은 박사과정의 제자가 자신의 고급 세단 이야기를 꺼냈다. 누나가 준 차인데 이렇게 기름을 많이 잡아먹는 수입차를 계속 끌고 다닐 여유가 없다나 뭐라나. 최근에야 알게 되었으나 사실 그 차는 제자가 직접 구입한 것이었다. 수입차 대리점 사장의 컴퓨터 문제를 해결해주자 사장이 할인해서 녀석에게 팔았다고 했다. 녀석은 내가 고물차를 모는 것을 보고 놀라서 아름다운 거짓말을 지어내 이 멍청한 늙은이를 속일 수밖에 없었다.

나는 줄곧 제자들에게 졸업 후에 학과장이나 대학원장이 될 생각은 하지 말고 연구에만 몰두하라고 강조해왔다. 그러나 적지 않은 제자들이 여전히 학과장 같은 보직을 맡았다. 다들 매번 보직을 맡기 전에 떨리는 목소리로 전화를 걸어와, 재차 사양했지만 전 구성원의 추대 때문에 어쩔 수 없이 받아들일 수밖에 없었다고 해명한다. 그러면서 앞으로도 연구에 힘쓰고 절대 나태해지지 않을 것을 보증한다는 둥 굳게 맹세한다. 나는 일률적으로 한차례 그들을 격려해주며 관료가 되는 것만 생각하지 말고 연구의 본업을 꿋꿋이 지키라고 타이른다. 나는 십칠 년간 행정관리로 일하면서 이런저런 직책들을 맡아본 지금에서야 '관리는 큰불도 피울 수 있지만, 백성은 등불을 켜는 것조차 허락되지 않는다'*는 말을 비로소 실감했다.

제자들과 왕래하면서 스스로 나이가 들었음을 절실히 느끼는 순간은 녀석들 하나하나가 다들 식욕이 대단한 걸 목격할 때였다. 특히 학부 녀석들은 식탁 가득히 차려진 음식이 영원히 부족한 양 매 접시마다 깨끗이 비워낸다. 마지막 요리가 올라오면 교활한 녀석은 가위 바위 보를 해 누가 더 먹을지 정하는데, 이는 선생이 음식을 더 주문해야 되는 것을 암시한다. 순진하고 정직한 선생은

---

* 같은 일을 하더라도 벼슬아치는 가능하고 백성은 불가능했던 불합리한 사회를 비판하는 말.

즉시 요리 몇 개를 더 주문할 테다. 사실 적당한 정도에서 멈춘다면 문제될 건 없지만, 이 정도 대식가라면 굽히고 펼 줄 알아야 할 것이다.

제자를 집으로 초대해 간단한 식사를 한 적이 있다. 녀석은 밥을 담는다고 주방에서 오 분이나 있었다. 나중에 보니 이 녀석이 밥알 하나 남김없이 밥그릇에 옮겨 담은 것이었다. 평생 그토록 깨끗하게 반질반질한 밥통을 본 적이 없다. 전혀 씻을 필요가 없었다.

또다른 대식가 제자는 많이 먹지 못하도록 그 아내가 항상 관리한다. 녀석은 학교에 연구하러 간다고 아내를 곧잘 속였으나 실은 근처 국숫집에 가서 국수 한 그릇을 먹는 것이다. 녀석은 유명한 교수다. 물론 학생을 초대해 밥을 먹기도 한단다. 녀석이 학생들의 음식을 뺏어 먹기 위해 대판 싸움을 벌이는지가 줄곧 궁금했다. 얼마 전 함께 식사를 했을 때는 꽤 절제하는 듯 보였다. 나중에 생각해보니, 당시에 아내가 동석하는 바람에 아마 보여주려고 그랬던 것 같다.

절대로 나의 제자들이 모두 먹는 것만 밝히고 일은 게을리하는 종족들이라 생각하지 마시길. 학문에 매진하는 데는 한 치의 소홀함도 없으며, 새로운 논문의 발표 상황들은 손바닥 보듯이 훤히 잘 알고 있으니. 우리 대학원에 막 입학한 학생들이 박사과정 학생과 만나면 우러러 감탄해 마지않는 이가 없다. 박사과정 학생들이 경전을 인용해 학문을 논하는 모습에 풋내기들은 놀라서 어안이 벙벙해지기 때문이다.

우리는 매주 한 번 독서 토론회를 여는데, 앞에는 언제나 교수들이 앉고 뒤에는 곧 졸업하는 박사과정 학생이 앉는다. 박사과정 신입생들은 그 뒤를 따르고, 석사과정 녀석들은 언제나 맨 끝자리에 앉는다. 보통 녀석들은 감히 의견을 내지 못하고 예비 박사들이 열띤 토론을 벌이는 내용을 집중해 들을 뿐이다.

이전 사무실에는 회의 테이블이 있었는데 매번 학생모임 때마다 박사과정 학생은 자연스럽게 회의 테이블 주위에 앉고, 석사과정 학생은 다른 의자에만 앉았다. 자기 자리가 비좁아서 견딜 수 없는 하급자인 석사과정 학생들은 설령 테이블에 빈자리가 생기더라도, 그 자리를 점유할 수 없다. 이른바 '학문이 있는 나리는 온돌 위에 앉고, 학문이 없는 나리는 온돌 아래에 앉는다'는 것이다. 한번은 제자 하나가 말하길, 그해에는 이런 규칙을 몰랐고 빈자리에 아무도 없는 것을 보고 달려가서 앉았지만 쫓겨났다고 했다. 장래에 꼭 박사과정을 밟아서 이 한을 풀겠다고도 맹세했다. 제자들 간 서열이 이렇게 분명한 데 지금껏 반대한 적은 없었다. 학계에서는 어느 정도 서열을 따진다. 학문으로만 구별한다면 그것도 좋은 일이기 때문이다.

제자들의 사랑스러운 점을 길게 늘어놓긴 했지만 밉살스러운 점도 얘기해야겠다. 요즘 컴퓨터 기술의 변화가 특별히 빠르다고

들 하는데 나는 도무지 최신 기술을 따라잡을 수 없다. 매번 소프트웨어를 사용하다 문제가 생기면 제자를 찾아가 물어볼 수밖에 없다. 이때 자신만만해하며 우쭐거리는 녀석들의 낯짝이 정말로 얄밉다. 더욱이 한 제자는 매번 나를 가르칠 때마다 '이번에 네가 진 걸 인정하고 참 애걸복걸하는구나!' 하고 말하는 양 얼굴 가득히 의기양양한 미소를 띤다. 나는 어쩔 수 없이 화를 꾹 참으며 아무 소리도 못하고 제자의 지도를 받으며 키보드를 한바탕 두들긴다. 양심이 있는 학생들은 아는 것을 다 쏟아내어 가르쳐주지만, 부러 몇 수를 남겨두어 이 늙은 교수가 또 아랫사람에게 가르침을 구하게 만드는 학생들도 있다.

일찍이 전기기계학과 학과장을 맡은 적이 있다. 당시 나는 한 과목이라도 통과 못한 학생들을 모두 붙잡아 한차례 훈계를 하곤 했다. 한번은 게시문을 보고 있는 어리바리한 학생에게 물었다. "불합격한 과목이 있나?" 녀석은 그렇다고 했다. 나는 얼른 내 사무실에 가서 이야기 좀 하자고 말했다. 따라 들어온 학생은 내가 성적표를 꺼내기를 기다렸다가 그제야 입을 열었다. "교수님, 왜 제가 교수님께 꾸중 들으러 왔는지 모르겠어요. 저는 수학과예요."

전기기계학과 2학년 학생이 학과 교수들과 혁명적 유대감을 갖고자 술과 음식을 시키고 우리 교수들을 초대해 먹고 마시게 해준 적이 있었다. 내 옆에 앉은 학생이 용모가 준수해 깊은 인상이 남았었다. 그후 종종 캠퍼스에서 녀석을 볼 때마다 "내가 어떻게 너를 알까? 불합격한 과목이 있어?"라고 묻곤 했다. 녀석이 졸업한 후 다른 대학교의 대학원에서 공부하기로 결정했다며 작별인사를 하러 왔다. 만약 계속해서 칭화대학교에서 공부한다면 내가 반드시 과목마다 합격 여부를 물어봤을 테고, 자신은 정말 견딜 수 없었을 것이라고 했다. 이렇게 끊임없이 들들 볶일 테니 칭화대학교에서 버텨낼 수 없다고 생각했으리라.

신주新竹의 등산협회에서 내게 전화를 걸어와 어떤 등반 계획이 취소되었음을 알려주면서 한 학생에게 통지하라고 했다. 나는 도저히 무슨 영문인지 알 수 없었다. 많은 제자들이 등산을 가기 전 '비상 연락망 책임자'에 내 이름을 집어넣은 사실을 나중에야 알게 되었다. 짧게 자른 상고머리에 맹한 모습의 대학교 신입생으로 캠퍼스에 들어와서 단상에 올라 박사학위 증서를 받을 때까지, 어떤 학생들은 칭화대학교에서 십 년 이상 머물게 된다. 학생들과 내가 부자처럼 친한 건 어쩌면 당연한 일인지도 모르겠다.

어렸을 때 내 운세를 점쳐준 어떤 이가 내게 자손이 가득할 거라고 했다. 내겐 애지중지하는 딸 하나만 있다. 아들도 없고 손자도 없다. 최근 졸업한 녀석들의 모임에서 그 아들딸을 데려오는 모습을 보며 나의 자손이 가득할 것이라는 의미를 그제야 비로소 깨닫게 되었다.

이 어린 녀석들아, 너희에게 감사한다. 덕분에 즐거웠고 원망과 후회 없이 평생을 보냈다.

1992년 8월 9일 연합보 문예칼럼

오 주방장의 만찬

이틀만 더 지나면 설이다. 날씨가 몹시 춥다. 신문을 펼쳐보면 날이 더 춥게 느껴진다.

신주에서 사회 뉴스를 취재하러 분주히 다니는 한 기자가 자신의 경험담 하나를 들려주었다. 그는 자신의 직업 때문에 늘 매우 우울하다고 생각하지만 이 우울감을 물리치는 방법은 매우 간단하다고 했다. 신주의 시골에 있는 아동센터에 가는 것이다. 이곳에서는 집안에 변고를 당한 아이들을 전문적으로 수용한다고 했다. 아동센터를 운영하시는 수녀님들의 따뜻하고 어진 마음과 후원자들의 열정이 늘 이 기자에게 사회에 대한 신뢰를 회복하게 해준다고 했다.

마침 저녁에 일이 있어 기자가 말한 그 아동센터에 가게 되었다. 비록 두 시간 정도 머물렀지만 도움을 주러 온 선량한 사람들을 많이 보았다. 어느 노부부는 작은 트럭을 몰고 와 트렁크를 열고는 새 재킷을 한 벌씩 꺼냈다. 새해에는 새 옷을 입어야 한다고 생각했으리라.

그날 밤 집에 돌아와 〈바베트의 만찬〉이라는 영화를 보았다. 간단한 이치를 설명하는 작품 같았다. 즉 '사람은 숭고한 이상에만 기대서 살 수 없다. 우리같이 평범한 사람들도 때때로 맛있는 음식을 먹을 필요가 있다'는 것. 유명한 요리사 바베트가 영화 속에서 만든 프랑스 요리는 중요한 인사들이 아니라 같은 마을 사람들을 위한 것이었다.

영화를 다 본 후, 아동센터 아이들이 떠올랐다. 그 아이들에게 설 전날 맛있는 저녁식사를 준비해줄 사람이 있을까?

섣달 그믐날, 오후 다섯시. 나는 사무실에 남아 열심히 일하는 척했다. 칭화대학교 전체가 고요했다. 갑자기 컴퓨터에 메시지가 떴다. "교수님, 집에 들어가셔서 설 전날 만찬 드셔야죠. 저는 이미 불을 껐습니다. 곧 가려고 합니다." 다시 한번 설 전날 만찬에 관한 생각을 일깨워주는 메시지였다. 중국인은 언제나 섣달 그믐날 밤에 특별한 음식을 먹고 싶어한다.

칭화대학교 교정 주위가 그때까지도 아주 조용했다. 나는 참다못해 차를 끌고 교정을 한 바퀴 돌았다. 역시 모든 건물의 불빛이 전부 꺼져 있고 기숙사에도 아무런 기척이 없었다. 그러다 제2손님용 숙소를 지날 때, 내부 식당에서 매우 떠들썩한 기척이 느껴졌다. 안으로 걸어들어가보자 몇몇 아이들이 안에서 TV를 보고 있었다. 다시 자세히 보니 그 아동센터의 서徐 수녀님이 많은 아이들을 데려와 안에서 TV를 보고 있는 게 아닌가. 제2손님용 숙소의 주방장 오吳씨가 아이들 모두를 초대해 설 전날 만찬을 대접한다고 수녀님은 말했다.

식당의 테이블 위에는 빨간 식탁보가 깔렸다. 그릇과 젓가락도 비교적 신경을 썼다. 주방에서는 오 주방장과 조수 몇 명이 집중해서 만찬을 준비하고 있었다. 내가 아는 몇몇 유학생들도 돕고 있었다. 그중 한 명은 전기기계학과였는데, 그가 집적회로를 설계하는 일 외에 말린 두부를 썰 줄도 안다는 건 생각지도 못했다.

나는 더할 수 없는 따스함을 느꼈다. 그러고서 학교 정문을 나서며 젊은 경비원 넷이 이야기하는 모습을 보았다. 그들 또한 아직 설 전날 만찬을 먹지 못했다. 그래서 차를 세우고 그들과 몇 마디 말을 주고받았다. 심지어 한 경비원은 내게 가볍게 농담을 하기 시작했고 나는 당연히 몇 마디 받아쳤다. 차를 출발시키려 할 때 또다른 경비원이 하는 말을 들었다. "저 노인, 오늘은 왜 특별히 기분이 좋은 거지?"

그날 저녁 타이베이에서 지인이 전화를 걸어왔다. 그는 타이베이가 매우 춥다면서 내가 있는 신주는 어떠하냐고 물었다. 나는 그다지 춥지 않다고 대답했다. 서로 관심을 가지고 보살피는 사회에서 누가 추위를 느낄 수 있을까?

1993년 2월 15일 연합보 문예칼럼

완벽한 하루

오늘 아침, 유난히 상쾌함을 느꼈다.

오십견이 나를 따라다닌 지 거의 오 년이 다 되어간다. 매일 아침 잠에서 깨어나면 가장 먼저 드는 느낌은 왼쪽 팔뚝이 은근히 아프다는 것이다. 그러나 오늘은 조금도 아프지 않았다.

창밖에는 하늘이 유난히 푸르렀다. 미풍이 불어들어오면서 계화 향기 한 줌을 가져왔다. 베개 옆의 사람이 보이지 않는다. 알고 보니 나를 위해 아침식사를 만들고 있다. 결혼 후 나는 아내에게 사람들이 고귀하다고 여기는 영국 수상인 마거릿 대처도 남편을 위해 매일 아침식사를 만들었으니 당신도 그렇게 해야 한다고 말했다. 아내는 단칼에 거절했다. "아침에 늦잠을 자는 건 신성불가침의 인권이에요. 아침식사는 당신이 알아서 하세요. 당신이 영국

수상이 되면 그때 기꺼이 매일 아침밥을 하겠어요." 그런데 지금은 무슨 상황인가? 오늘은 아내의 태도가 평소와 완전히 달랐다. 아내가 물었다. "여보, 스크램블드에그가 좋아요? 아니면 달걀프라이가 좋아요?"

출근 후 나는 평소처럼 몰래 신문을 보았다. 얄미운 과장이 들어와 신문 보는 내 모습을 보았지만 뜻밖에도 아무 말 하지 않았다. 게다가 나와 몇 마디 주고받기까지 했다.

업무 회의 때 나는 평소 하던 대로 한바탕 지껄였다. 다 듣고 난 과장이 뜻밖에도 전혀 개의치 않은 듯한 모습이었다. 하지만 몇몇 다른 동료들에게는 욕을 심하게 퍼부었다.

점심때는 더욱 이상한 일이 생겼다. 다른 사람들 요리는 모두 똑같이 큰솥에서 끓여 나오는데, 내 것만 삶은 고기를 썰어서 볶은 후이궈러우 한 접시였다. 맛도 내 입맛에 딱 맞았다. 이렇게 공교로울 수 있단 말인가?

나는 정말 견딜 수 없었다. 마침 옆자리의 내 오랜 친구 왕王씨에게 바로 물어보았다. "이보게, 어떻게 된 거야? 어째서 오늘 모든 일이 순조롭게 풀리는 거지?"

왕씨는 나에게 되물었다. "왜인지 정말 모르겠나?"

"정말 모르겠어."

"진실을 알고 싶어?"

"물론이지."

"그럼 알려줄게. 이형은 이미 죽은 거야. 오직 죽은 사람만이 이런 완벽한 하루를 누릴 수 있지."

나는 큰 소리로 항의했다. "헛소리! 헛소리! 나는 멀쩡히 살아 있는……"

"여보, 아니 무슨 잠꼬대를 그렇게 해요?" 아내가 나를 흔들어 깨웠다. "정말 짜증나게! 이른 아침부터 잠꼬대라니, 당신 때문에 시끄러워서 잠이 다 깼어요!"

나는 눈을 비볐고 이내 어깨 통증이 서서히 느껴졌다. 아내는 헝클어진 머리를 한 채 내 옆에 누워 있었다. 갑자기 그 모습이 너무 귀엽게 느껴졌다. 참지 못하고 입을 맞추었다.

"당신 미쳤어요? 이 노인네가!" 이번에는 아내가 정말로 깨버렸다. 곧 명령이 내려졌다. "퇴근 후 등심 한 근 사서 와요, 그리고 토마토 조금이랑……" 아내가 아직 명령을 내리고 있을 때 자리에서 빠져나왔다. 나는 그 성격을 알고 있다. 한두 가지 물건만 기억해서 사가지고 집에 돌아와 보여주며 보고하면 된다. 어쨌든 마음이 너그러운 사람이다.

밖에는 비가 한바탕 내리고 있었고 나를 위해 아침밥을 해줄 마거릿 대처 부인은 없었다. 우산을 쓰고 집 앞에 있는 작은 가게로 가서 사오빙과 유타오를 먹을 수밖에 없었다. 그러고는 사람들이 빽빽하게 들어찬 버스를 타고 출근했다.

출근하는 동안 나는 줄곧 히죽히죽 웃었다. 정오에 왕씨가 말했다. "이형, 약을 잘못 먹었나? 평소 이형이 불평하는 소리만 들리는데, 오늘은 어쩐 일로 불평대마왕께서 한 마디도 안 하셔?" 나는 대답했다. "왕씨, 내가 무슨 불평을 한다고 그래? 자네가 이른 아침에 깨서 세상이 매우 아름답다는 걸 발견하고 조그마한 불평도 하지 않는다면, 그건 자네가 생을 다했다는 거야." 왕씨는 너무 젊어서 내 말이 무슨 뜻인지 이해하지 못하는 것 같았다.

1993년 3월 6일 연합보 문예칼럼

나는 누구인가?

성베드로대성당 안에 무거운 종소리가 한차례 울려퍼졌다. 교황 비오 12세*가 선종했다.

선종한 교황의 영혼은 유유히 천국에 다다랐다. 천국에도 TV가 있어서 교황은 이승에서 치러지는 자신의 성대한 장례식을 볼 수 있었다. 그러나 천국에서는 어떤 기미도 없었다. 어쨌든 작은 환영식이라도 있으리라 생각했다. 하지만 아무리 거리를 돌아다녀도 단 한 사람조차 그가 누군지 알지 못했다.

그렇게 거리를 걷고 걷다가 '천국 등록처'라는 간판을 발견했다. 그 안으로 들어가자 거기에 있던 사무원이 미소를 띠며 물었

---

* 제260대 교황(1939~1958 재임).

다. "실례지만, 당신은 누구십니까?"

"저는 교황 비오 12세입니다."

사무원은 컴퓨터에 몇 글자를 입력했다. 그러고는 당황한 기색으로 말했다. "선생님 정보를 찾을 수 없는데요?"

교황도 어리둥절했다. 사람들이 다들 그를 알고 있고, 자신은 천국행 열쇠를 얻었다고 생각했는데, 어찌된 일인지 도달한 천국에 자신의 정보가 없다니.

교황은 곰곰이 생각하다가 자신의 또다른 직함인, 비교적 낮은 지위의 어느 지방의 추기경이라고 말했지만 컴퓨터에는 여전히 없는 사람으로 나타났다.

다시 어느 지방의 주교였던 자신의 또다른 직함을 말했지만 여전히 찾을 수 없었다.

마지막으로 교황은 과거 로마 시골의 한 고아원에서 팔 년 동안 본당 신부로 지내며 가난한 아이들을 돌본 일을 생각해냈다. 그당시 사람들은 그를 바오로 신부라고 불렀다.

"드디어 찾았습니다." 환영합니다, 바오로 신부님. 인자한 신부님이었다고 확인되는군요. 많은 가난한 아이들이 당신의 사랑을 느꼈군요.

교황은 몰래 컴퓨터상의 글을 훔쳐보았는데, 자신에 대한 기록에는 겨우 고아원에서의 경험만 기재되어 있었다. 그후 자신이 주교, 추기경, 심지어 전 세계 천주교인의 정신적 지도자였다는 구절은 단 한 마디도 없이 완전히 비어 있었다.

바오로 신부는 뜻밖의 상황에 놀라서 말을 잇지 못했다. 손수건을 꺼내 이마에 흐르는 땀을 닦았다.

TV에서는 새 교황이 선출되었다는 뉴스 속보가 흘러나왔다.

바오로 신부는 말했다. "이 사람을 아는데, 그에게 전해주고 싶은 말이 있네요. 자신이 누구인지 잊지 말라고요."

존은 이제 겨우 일곱 살이지만 에이즈에 걸려 곧 죽게 되었다. 최근에 새로 온 루카 신부님이 그애를 자주 보러 왔고, 신부님이 올 때마다 존은 매우 기뻐했다.

오늘 어린 존이 루카 신부님에게 말했다. "루카 신부님, 사람들이 전부 신부님을 새 교황님 같다고 하는데, 그냥 평범한 신부님 같기도 해요. 신부님, 대체 새 교황님이에요, 아니에요?"

루카 신부는 존에게 터무니없는 생각은 하지 말라며, 손을 들어 어린 존을 축복했다. 어린 존은 마침내 알아차렸다. "신부님, 저한테 들통났어요. 라틴어로 저를 축복하셨는데, 교황님만 그렇게 할 수 있는 거잖아요."

루카 신부는 몸을 굽혀 어린 존의 귓가에 가볍게 속삭였다. "얘야, 난 분명 교황이 맞지만, 시골에서 온 평범한 신부인 루카이기도 하다는 사실을 줄곧 잊은 적이 없단다."

어린 존은 웃으며 말했다. "전 루카 신부님만 알지, 교황님은 몰라요."

　루카 신부는 병원에서 나와 오토바이를 타고 고요한 로마 거리
에서 바티칸으로 서둘러 돌아왔다.

1993년 3월 14일 연합보 문예칼럼

시력과 편견

뉴욕에서 보스턴으로 가는 열차 안, 내 옆 좌석의 노선생은 시각장애인이었다.

내 박사논문 지도교수가 시각장애인이었기 때문에 시각장애인과 이야기하는 데 조금도 어려움이 없었다. 나는 김이 모락모락 나는 따끈한 커피 한 잔을 그에게 마시라고 건네기도 했다.

마침 로스앤젤레스에서 폭동이 벌어졌던 시기라 우리는 자연스레 인종차별 문제를 화제로 삼게 되었다.

그는 자신이 미국 남부 사람이고, 어렸을 때부터 흑인을 열등하게 여겼다고 말했다. 집에는 흑인 하인이 있었고, 남부에 살 때는 흑인과 함께 밥을 먹어본 적이 없었다. 흑인과 같은 학교에 다녀본 적도 없었다고 했다. 북부에 가서 공부할 때 한번은 반 학우들이 그를 지정해 소풍을 주관하게 했다. 그는 놀랍게도 초대장에 '우리는 누군가를 거부할 권리를 갖고 있습니다'라고 명시했다. 미국 남부에서 이 말은 '우리는 흑인을 환영하지 않는다'라는 의미였고, 그로 인해 당시 반 전체가 떠들썩해졌다. 그는 학과장에게 불려가 한바탕 꾸중을 들었다.

그는 때때로 흑인 점원을 만나 돈을 지불할 때 언제나 계산대 위에 올려놓고 점원에게 가져가게 했는데, 그 손과 어떻게든 접촉하는 걸 원하지 않았기 때문이라고 말했다.

나는 웃으면서 그에게 물었다. "그럼 당신은 당연히 흑인과 결혼했을 리는 없겠네요!"

그는 크게 웃으며 말했다. "그들과 교제하지 않는데 어떻게 결혼을 하겠습니까? 사실 당시에는 어떤 백인이라도 흑인과 결혼하는 건 부모를 욕되게 하는 일이라고 여겼습니다."

그러던 그가 보스턴에서 대학원을 다닐 때 교통사고를 당했다. 큰 사고에서 다행히 목숨은 구했지만 완전히 실명해 앞을 전혀 볼 수 없게 되었다. 그는 시각장애인재활센터에 들어가 점자기술을 어떻게 사용하는지, 지팡이에 의지해 어떻게 길을 가는지 등을 배웠다. 그렇게 시간이 흘러 차츰 익숙해지면서 마침내 홀로 생활할 수 있게 되었다.

그는 말했다. "하지만 상대방이 흑인인지를 분간할 수 없다는 것이 가장 큰 고민으로 남았습니다. 내 심리상담사에게 이 문제를 이야기했지요. 그는 최대한 나를 올바로 일깨워준 사람이었고, 나는 그를 무척이나 신뢰해서 무엇이든 다 말했으니까요. 나는 그를 훌륭한 스승이자 좋은 친구라고 생각했습니다.

어느 날, 그 상담사는 내게 자신이 흑인이라고 말했습니다. 이를 계기로 나의 편견은 천천히, 나중에는 완전히 사라졌습니다. 나는 내 앞의 사람이 백인인지 흑인인지는 분간할 수 없습니다. 그가 좋은 사람인지 나쁜 사람인지만 알 뿐입니다. 피부색은 이제 아무런 의미가 없게 되었지요."

열차가 보스턴에 거의 다다르자 그가 말했다. "난 시력을 잃었지만 편견도 잃었으니 이 얼마나 행복한 일인가요!"

플랫폼에서 노선생의 아내가 이미 그를 기다리고 있었다. 둘은 다정하게 포옹했다. 놀랍게도 그의 아내가 백발의 흑인임을 나는 발견할 수 있었다.

나는 이제야 알았다. 시력은 양호해도 이 때문에 편견이 여전히 존재한다면 이 얼마나 불행한 일인가!

1993년 3월 24일 연합보 문예칼럼

나는 이미 다 컸다

누구라도 내 아버지를 자랑스럽게 생각할 것이다.

아버지는 유명한 변호사로 국제법에 정통했다. 주요 고객들이 대기업이어서 수입이 꽤 좋았다. 그러면서 아버지는 소외계층을 위해 봉사하고 무상으로 도움을 주었다. 그뿐만 아니라 매주 하루씩 리더勵德 보습학원*에 가서 소년범들을 위해 과외수업을 했다. 고등학교 합격자 명단이 발표되는 시기마다 아버지는 몇몇 소년범 아이들의 이름이 합격자 명단에 있는지 몹시 긴장하며 관심을 기울였다.

나는 외아들이다. 당연히 사랑을 한몸에 받았다. 아버지는 내가

---

* 대만의 유명 학원 체인.

나쁜 버릇이 들지 않도록 신경썼으나 실제로는 내게 해준 것이 무척 많았다. 우리집은 아주 넓고 장식들은 대단히 우아했다. 아버지의 서재에는 하나같이 짙은 색의 가구와 책장, 오크나무 재질의 벽과 커다란 책상이 있었고, 그 위에는 예스럽고 우아하게 만들어진 스탠드가 놓여 있었다. 아버지는 매일 저녁 그 책상에서 남은 일을 처리했다. 나는 어렸을 때 틈만 나면 서재에 들어가서 놀았다. 아버지는 이따금 소송 사건을 해결하기 위한 당신의 사고 논리를 분석해서 내게 들려주었다. 아버지의 사고방식은 언제나 논리정연했다. 어려서부터 아버지의 논리정연한 사고방식을 접했기 때문에, 매번 나의 발표는 사고의 방향이 아주 분명했고, 선생님들은 줄곧 나를 좋아해주셨다.

아버지의 서재는 책으로 가득 채워져 있었다. 절반은 법률, 나머지 절반은 문학에 관한 책이었다. 아버지는 내게 고전 명작을 읽으라고 권했다. 아버지가 자주 외국에 나가셨기 때문에 나도 따라 아주 어려서부터 외국에 가서 세계적으로 유명한 박물관의 문물을 접할 기회가 많았다. 아버지가 나를 매우 교양 있는 사람으로 키우기를 원한다는 걸 어렴풋이 느낄 수 있었다. 그런 의도적인 계획하에서는, 설령 조금 모자란 아이라도 교양을 가질 수 있었을 것이다.

초등학생 때였나. 하루는 운동장에서 넘어져 머리가 깨지고 피가 흘렀다. 선생님이 전화를 걸어 아버지에게 이 사실을 알렸다.

아버지가 오셨다. 아버지의 검은색 세단이 바로 운동장으로 들어오는 모습이 보이더니 아버지와 운전기사가 차에서 내렸고 아버지가 나를 안았다. 나는 기사 또한 검은색 정장을 입은 것을 보고는 나도 모르게 득의양양해졌다. 이런 아버지가 있다는 건 정말로 행복한 일이었다.

이제 대학생이 되었다. 한 달에 겨우 한 번, 주말에 부모님과 시간을 보낸다. 며칠 전 봄방학 때 아버지는 내게 컨딩墾丁에 가자고 했다. 가족별장이 있는 곳이다.

아버지가 해변을 따라 함께 거닐자고 했다. 해가 저물고 있었다. 아버지는 어느 해안가 절벽 옆에 앉아 잠시 쉬었다. 그러다 최근에 총살형을 당한 류환룽劉煥榮을 언급하며 그의 사형을 매우 반대한다고 말씀했다. 사형수는 비록 이전에 나쁜 일을 했던 사람이지만, 이후에는 이미 나쁜 일에서 손을 뗀 사람이라고, 이렇게 어떤 사형수들은 이후에 완전히 개과천선하기도 한다고 했다. 아버지는 총살형을 선고받은 사람 중에는 종종 좋은 사람들도 있다고 덧붙였다.

내가 사회정의라는 문제를 제기하자 아버지는 따로 변론하지 않고, 사회가 정의로워야 하는 건 맞지만, 타인을 용서하는 일 또한 중요하다고 말씀했다. "나는 우리 모두가 다른 사람들을 용서할 수 있는 가능성이 있기를 바란다."

아버지가 법관으로 일하셨던 것이 생각나서 나는 말이 나온 김에 사형 판결을 내린 적이 있으셨는지 물었다.

아버지는 말했다. "단 한 번 있었지. 젊은 원주민이었는데, 세상 일을 잘 몰랐단다. 그가 타이베이에서 일할 때 사장에게 신분증을 압류당했어. 사실 그건 불법이었지. 누구도 타인의 신분증을 압류할 수 없으니. 그는 그야말로 사장의 노예가 되었단다. 그러다 너무 화가 나서 사장을 때려죽이고 만 거야. 당시 재판장이었던 내가 사형 판결을 내렸단다.

이후, 그는 교도소에서 종교를 갖게 되었어. 그가 이미 좋은 사람이 되었다는 것을 그의 여러 행동을 통해 알 수 있었단다. 그래서 나는 백방으로 그를 대신해 용서를 구하고 특별사면을 얻어 사형을 면하기를 희망했지만 성공하진 못했단다.

사형 판결 후, 그의 부인이 밝고 귀여운 남자아이를 낳았지. 교도소에서 그를 만났을 때, 갓 태어난 아기의 사진을 보았어. 그애가 장차 고아가 될 일을 생각하니 무척 가슴이 아프더구나. 그가 이미 새사람이 되었기 때문에, 나는 사형 판결을 내린 일을 뼈저리게 후회했단다.

그리고 사형 집행일이 가까워왔을 때, 나는 편지 한 통을 받았단다."

아버지는 주머니에서 다 낡아 색이 바랜 편지지 한 장을 꺼냈다. 그러고는 아무 말 없이 내게 건넸다.

편지에는 이렇게 쓰여 있었다.

판사님께.

저를 위해 많은 노력을 해주셔서 정말 감사합니다. 저는 곧 떠날 것 같습니다. 그러나 저는 영원히 당신께 감사할 겁니다. 무리한 부탁을 하나 드리려 합니다. 당신께서 제 아이를 보살펴주십시오. 무지하고 가난한 환경에서 벗어나 어릴 때부터 좋은 교육을 받게 해주세요. 제발 부탁드립니다. 교양을 갖춘 사람으로 자라도록 도와주세요. 저처럼 어리석게 일생을 낭비하는 일이 다시는 없도록 말입니다.

나는 그 아이가 궁금해졌다. "아버지, 어떻게 아이를 보살폈어요?"

아버지가 말했다. "내가 그 아이를 키웠단다."

한순간에 세상이 바뀌었다. 이 사람은 내 아버지가 아니라 아버지를 죽인 살인자였다. 자식은 부모의 원수를 갚아야 하고, 살인자는 죽는 법이다. 나는 벌떡 일어났다. 내가 가볍게 밀어버리면 이자는 온몸이 찢기고 으스러진 채 절벽 아래로 떨어질 것이다.

그러나 내 친아버지는 이미 자신에게 사형을 선고한 이 사람을 용서했다. 여기 앉아 있는 이 사람은 좋은 분이다. 자신이 사형을 판결한 일에 대해 줄곧 마음을 써왔다. 내 친아버지가 회개한 이후에도 여전히 사형은 집행되었다. 이는 사회의 잘못이다. 나는 이러한 잘못을 다시 되풀이할 권리가 없다.

만약 친아버지가 여기 계신다면, 내가 어떻게 하기를 바라실까?

나는 웅크려앉아서 조용히 말했다. "아버지, 곧 날이 저물어요. 우리집으로 돌아가요! 엄마가 기다리고 있어요."

나는 자리에서 일어서는 아버지의 눈가에 흐르는 눈물을 보았다. "아들아, 고맙구나. 네가 이렇게 빨리 나를 용서할 줄은 몰랐다."

내 눈앞도 눈물로 뿌옇게 흐려지고 있었다. 나는 아주 분명하게 말했다. "아버지, 저는 아버지 아들이에요. 제가 성인이 될 때까지 키워주셔서 감사합니다."

때마침 해변으로 컨딩에 늘 부는 낙산풍落山風*이 불어왔다. 아버지가 갑자기 연약해 보였다. 나는 아버지를 부축하고 석양의 남은 빛 속에서, 먼 곳의 불빛을 향해 큰 바람을 무릅쓰고 걸어서 돌아갔다. 황야에는 단지 우리 부자 둘뿐이었다.

나는 돌아가신 친아버지를 자랑스럽게 여긴다. 자신에게 사형 판결을 내린 사람을 용서할 정도로 도량이 넓고 관대한 분이다.

나는 지금의 아버지를 자랑스럽게 여긴다. 자신이 내린 사형 판결에 줄곧 양심의 가책을 느꼈다. 그리고 이미 그 책임을 다해 나를 성인이 될 때까지 키워주었다. 심지어 내가 당신의 목숨을 끝내버릴 수 있는 가능성에 대해서도 모든 준비를 했다.

그렇다면 나는? 나 스스로 더 커지고 더 건장해졌다고 느꼈다.

---

* 대만의 남부 지역인 컨딩에서 일 년 중 거의 절반 동안 부는 바람.

나는 이미 다 컸다. 오직 성숙한 사람만이 비로소 남을 용서할 수 있으며, 용서 후에 오는 평안을 누릴 수 있다. 어린아이는 이런 것을 이해할 수 없다.

친아버지, 이제 편히 잠드셔도 됩니다. 당신의 아들은 이미 다 키서 성인이 되었어요. 오늘 제가 한 일을 당신은 틀림없이 좋아하셨을 겁니다.

1993년 4월 18일 연합보 문예칼럼

부자와 빈자

영국에서 종종 기괴한 이름의 가게를 보았지만, '부자와 빈자' 라는 식당은 처음 보는 터라 궁금증이 커졌다.

옛 풍취가 넘치는 식당의 인테리어 덕분에 시간이 거꾸로 흐르는 듯했다. 마치 이백 년 전의 영국으로 돌아간 것 같았다.

입구의 카운터에는 기부금 상자가 하나 놓여 있고 그 위에 '소말리아를 위한 기부'라고 적혀 있었다. 옆에는 차마 눈 뜨고는 볼 수 없을 만큼 끔찍한 기아 난민의 모습을 담은 대형 포스터가 한 장 있었다. 나는 식당 안의 이런 포스터가 분위기를 해친다고 생각하고 서둘러 빠른 걸음으로 들어가 앉을 만한 곳을 찾았다.

양다리찜을 주문했고 식전주로 와인을 시켰다. 느긋하게 여유를 갖고 요리가 나오길 기다렸다. 기다리는 시간 동안 또 호기심이 발동했다. 식당 이름이 왜 '부자와 빈자'일까?

주인이 재미있는 이야기를 하나 들려주었다. 몇백 년 전 이 지역의 모든 땅이 어느 부유한 백작의 소유였다고 한다. 이 부자 백작의 예순번째 생일 전날 밤, 그는 자신의 가족 모두와 건물 전체를 유화 한 장에 담아줄 화가를 찾았다. 현재 그 그림은 이 식당 안에 걸려 있다.

그림 속 주인공 부부는 온화하고 점잖으며 품위가 있었다. 아이들은 모두 저택 앞 잔디밭에 있었는데, 몇몇은 앉거나 서 있고 또 몇몇은 서로 쫓고 쫓기며 장난치고 있었다. 온통 유쾌하고 즐거운 정경이었다.

생일이 오래 지나지 않아 백작의 영토 안에서 비극이 발생했다. 소작인 한 명이 죽었다. 소작인의 남겨진 아내는 허약하고 병이 많은데다 어린아이까지 넷이나 있어서 자살하기로 결심했다. 아이들의 음식에 독을 타서 아이들의 죽음을 확인한 후에야 자살한 여자의 이야기는 안타깝기 그지없었다.

비극이 발생한 후 백작은 그 그림을 마주한 채 멍하게 있는 일이 잦아졌다. 왜 그러느냐고 사람들이 물었다. 처음에 백작은 대답하기를 꺼렸으나 사람들이 채근하는 탓에 어쩔 수 없이 한 가지 일을 시인했다. 그는 그림 속에서 거지 두 명을 보았다고 말했다. 잔디 위에서 그의 가족을 향해 구걸했지만 그들은 모두 꼼짝하지 않은 채 줄곧 거지들의 존재를 무시했다. 지난날 왜 이 두 거지에게 주의를 기울이지 못했는지 도무지 이해가 되지 않는다고 그는 말했다.

가족들은 애초에 거지를 보지 못했다고 했다. 하지만 백작은 그 일로 가족들과 또 논쟁하고 싶지 않았다. 그러던 어느 날 그가 가족들을 서재에 모이게 하고는 할말이 있다고 했다. 지금 하는 말은 자자손손 모두에게 기억되기를 원한다고 했다. 매우 간단한 한마디였다. "아주 작은 영지에 부자와 빈자가 공존한다는 것은 부끄러운 일이다."

백작의 후손은 그 뜻을 이어 사업에서 성공을 이루고 사회의 취약계층을 돌볼 수 있었다. 식당 주인의 말에 따르면 영국에는 가난한 사람들을 돕는 복지제도가 있는데, 바로 백작의 후손이 의회에서 애써 통과시킨 것이라고 했다.

전해 내려오는 이 이야기를 다 들은 후 나는 식사를 즐기기 시작했다. 술과 밥을 배불리 먹고 계산하러 입구로 갔다. 홀연히 소말리아의 기아 난민 포스터를 또 보게 되었다. 이번에는 어떤 목소리가 들렸다. '고개를 돌려 저 그림을 보라.' 정말 놀랍게도 뜻밖에 거지 두 명을 보았다. 눈을 비비고 가까이 가서 자세히 보니, 남루한 옷차림의 거지 두 명이 변함없이 보였다.

나는 깊이 생각했다. 계산할 때 식당 주인은 정신이 멍해진 나를 보고 말했다. "선생님, 당신은 정말 부자라는 것을 꼭 아셔야 합니다." 나는 아무 대답 없이 고개를 끄덕여 동의를 표했다. 그러고는 적지 않은 돈을 기부함에 채워넣었다.

　주인은 입구까지 나를 배웅하면서 말했다. "안녕히 가십시오. 선생님, 하느님의 은총이 함께하시기를."

　밖으로 나가 몇 걸음을 내딛다 다시 식당으로 돌아가보고 싶은 생각이 들었다. 누군가가 그 그림 안에 거지를 그려넣는 일이 어떻게 가능할까? 백작이 의뢰한 그림에 화가가 어떻게 감히 그런 일을 할 수 있을까?

　그러나 불현듯 깨달았다. 그림 속에 거지가 있고 없고는 결코 중요하지 않다. 중요한 점은 '아주 작은 지구에서 부자와 빈자가 공존함은 부끄러운 일'이라는 것이다.

1993년 5월 10일 연합보 문예칼럼

차표

나는 어릴 때부터 어머니날*을 두려워했다. 태어난 지 얼마 지나지 않아 버림받았기 때문이다.

매년 어머니날이 되면 불편했다. 그즈음에는 TV 프로그램에서 모두 어머니의 사랑을 찬양하는 노래가 나오기 때문이다. 라디오 방송에서는 더욱 그러했는데, 설령 과자 광고를 하더라도 모두 어머니날 노래가 나왔다. 그 노래들을 감당하기 어려웠다.

태어난 지 한 달 남짓 되었을 때, 어떤 사람이 신주역에 버려진 나를 발견했다. 역 근처의 경찰들이 놀라서 허둥거리며 내게 젖을 먹이고자 애썼고, 결국 젖을 먹일 수 있는 부인을 찾아냈다. 그 부

---

* 대만은 매년 5월 둘째 주 일요일을 '모친절(母親節)'로 정해 기념한다.

인이 아니었다면 나는 아마도 울다가 병에 걸렸을 것이다. 경찰들은 내가 젖을 다 먹고 평온하게 잠이 들 때까지 기다렸다가 조심스레 신주의 바오산寶山에 있는 테레사 센터로 보냈다. 온종일 얼굴에서 미소가 떠나지 않던 천주교 수녀님들은 골치를 앓게 되었다.

어머니를 본 적이 없다. 어렸을 때 수녀님들이 나를 키우셨다는 것만 안다. 저녁에 형과 누나들은 책을 읽어야 했다. 나는 할줄 아는 것이 없었기에 수녀님에게 달라붙어 있을 수밖에 없었다. 수녀님들은 성당에 가서 늦게까지 공부를 하셨고, 나는 그런 수녀님들을 따라갔다. 어떤 때는 제단 아래에 들어가 놀았고, 어떤 때는 기도하는 수녀님들을 향해 장난기 가득한 표정을 짓기도 하였다. 늘 수녀님께 기대어 잠이 들었다. 어느 인자한 수녀님은 책을 마저 읽지 않으시고 나를 먼저 위층으로 안고 데려가 잠을 재워주셨다. 나는 그분들에게 성당에서 빠져나갈 수 있는 아주 좋은 구실이 되었기 때문에, 줄곧 그분들이 나를 정말 좋아하는지 의심도 되었다.

센터에 모여 있는 우리는 가정에 변고가 있는 아이들이었지만, 대다수 친구들에게는 여전히 가정이 있었다. 설을 쇨 때나 명절을 보낼 때면 큰아버지와 작은아버지, 심지어 형이라도 이곳으로 와서 친구들을 데려갔는데, 나만 집이 어디인지 몰랐다.

그러한 이유로 수녀님들은 나처럼 정말로 몸 둘 곳이 없는 아이들에게 특별히 잘 대해주셨다. 언제나 다른 아이들이 우리를 업신 여기지 못하도록 했다. 어린 시절부터 공부를 잘해서 수녀님들은 내게 과외 선생님이 되어줄 자원봉사자들을 많이 찾아주셨다.

손꼽아 계산해보면, 내 과외 선생님은 정말 많았다. 그들은 모두 자오퉁대학교, 칭화대학교의 대학원생과 교수, 공업연구소와 단지 내 공장의 엔지니어들이었다.

수리와 화학을 가르쳐주었던 선생님은 당시 박사과정의 학생이었는데, 지금은 부교수가 되었다. 영어를 가르쳐주었던 선생님은 그때 이미 정교수였다. 어쩐지 나는 어려서부터 영어를 잘했다.

수녀님은 내게 피아노를 배우도록 재촉했다. 초등학교 4학년 때는 이미 성당에서 전자오르간 연주를 맡았다. 미사중에 오르간 연주를 하는 것이다. 그리고 줄곧 성당에서 교육을 받았기 때문에 말재주가 좋았다. 학교에서 종종 스피치 대회에 참가했다. 졸업생 대표로 답사를 맡기도 했다. 하지만 어머니날을 축하하는 행사에서 중요한 역할을 맡는 건 여태껏 원치 않았다.

피아노 연주를 좋아하지만 줄곧 금기시해온 일이 하나 있다. 어머니날 노래는 연주하지 않는 것이다. 누군가에게 연주하기를 강요당한다면 몰라도, 그렇지 않다면 절대 나서서 하지 않는다.

간혹 이런 생각을 해본 적이 있다. 내 어머니는 도대체 어떤 사람일까? 소설을 읽고 난 뒤에는 내가 사생아는 아닐까 하는 생각도 해보았다. 아버지는 여자를 농락하고는 떠났고, 젊었던 어머니는 나를 버릴 수밖에 없었다고.

아마 타고난 자질이 나쁘지는 않은데다 열정적인 과외 선생님들의 봉사 덕분에 나는 순조롭게 국립신주고등학교에 합격했고, 이어 대입학력고사를 치르고 청궁대학교 토목과에 합격했다.

대학생 시절에는 일과 공부를 병행했다. 나를 키웠던 손孫 수녀님이 가끔 만나러 와주셨다. 거칠고 무식한 남자 동급생들은 수녀님을 보자마자 그렇게 고상해질 수가 없었다. 많은 친구들이 내 처지를 알고 나서 다들 위로해주었다. 수녀님 곁에서 자라 과연 나의 성품이 좋은 것이라고 말했다. 졸업 날, 다른 친구들은 모두 부모님이 오셨다. 내 유일한 친척은 손 수녀님이었다. 우리 학과장님은 특별히 수녀님과 사진을 찍었다.

군 복무 기간에는 테레사 센터로 돌아와 지냈다. 어느 날, 손 수녀님이 갑자기 진지한 이야기를 꺼내셨다. 수녀님은 서랍에서 편지 봉투 하나를 꺼내 내게 직접 봉투 안을 살펴보라고 하셨다.

봉투에는 차표 두 장이 있었다. 손 수녀님은 경찰이 이곳으로 나를 보냈을 당시, 내 옷 속에 이 차표 두 장이 끼워져 있었다 하셨다. 분명히 내 어머니는 이 차표로 그녀가 살던 곳에서 신주역으로 왔을 것이다. 한 장은 남부의 한 지방에서 핑둥屛東시로 오는 버스표였고, 다른 한 장은 핑둥에서 신주로 오는 기차표였다. 완행열차 기차표. 어머니가 돈이 많은 사람이 아니라는 점을 바로 알게 되었다.

손 수녀님이 알려주시길, 수녀들은 보통 버려진 아이의 과거 내력을 찾아내는 걸 꺼리기 때문에 줄곧 이 차표 두 장을 남겨두고 내가 성장하기를 기다렸다가 말을 꺼내신 거라고 했다. 오랫동안 나를 관찰해온 그분들은 내가 이성적이고 지혜로우니 이 일을 처리할 능력이 있다고 확신했다. 수녀님들은 일찍이 그 작은 도시에 간 적이 있고, 그곳엔 사람들이 매우 적다는 사실을 어렵지 않게 알 수 있었다. 만약 정말로 가족을 찾고자 나선다면 그리 어려운 일은 아닐 것이다.

줄곧 부모님을 만나고 싶었는데 막상 이 차표 두 장을 받고서는 결정을 내리지 못하고 망설였다. 나는 지금 잘살고 있으며 대학 졸업장도 있다. 심지어 평생을 함께하기로 한 여자친구도 있는데, 왜 과거로 돌아가야 가는가? 완전히 생소한 과거를? 십중팔구 기쁘지 않은 사실을 알게 될 텐데 말이다.

손 수녀님은 여전히 내가 그곳에 가기를 격려했다. 이미 내게는 전도유망한 장래가 있으며, 출신의 수수께끼를 영원히 마음속에 감춰둘 이유가 없다고 말이다. 수녀님은 줄곧 내가 그곳에 가는 일이 최악의 경우가 되어 발견한 사실이 결코 유쾌하지 않더라도, 스스로의 앞날에 대한 자신감이 동요하는 일은 없을 거라고 타일렀다.

나는 마침내 그곳으로 갔다.

한 번도 들어본 적 없는 그 작은 산간 마을은 핑둥시에서 버스를 타고 한 시간가량 가야 비로소 도착할 수 있었다. 비록 남부지만 겨울이었기에 산 윗자락에는 한기가 돌았다. 확실히 작은 규모의 마을이라 길 한 갈래, 잡화점 한두 곳, 파출소 하나, 관공서 하나, 초등학교 하나, 중학교 한 곳뿐, 이 외에는 아무것도 없었다.

파출소와 관공서를 분주히 오가며 마침내 나와 관계가 있는 듯한 자료 두 건을 찾아냈다. 하나는 어린 남자아이의 출생 자료이며, 나머지는 이 어린 남자아이의 가족이 실종 신고를 한 문건이었다. 실종 신고가 된 건 내가 버려지고 이튿날, 출생한 지 한 달이 안 된 시점이었다. 수녀님들의 기록에 의하면, 신주역에서 발견되었을 때 나는 태어난 지 한 달여밖에 되지 않았다고 했다. 보아하니 내 출생 자료를 찾아낸 듯했다.

그런데 문제는 부모님이 이미 세상을 떠났다는 사실이었다. 아버지는 육 년 전에 돌아가셨고, 어머니는 몇 개월 전에 돌아가셨다. 형이 한 명 있었는데, 일찍이 이 작은 마을을 떠나 어디로 갔는지 모른다.

필경 이렇게 작은 마을에서는 누가 누구인지 다 아는 법이다. 파출소의 나이 지긋한 경찰은 우리 어머니가 줄곧 중학교에서 일꾼으로 일했다고 알려주었다. 그런 뒤 나를 데리고 중학교의 교장을 찾아갔다.

여자 교장은 나를 반갑게 맞아주었다. 어머니가 한평생 여기서 일했으며, 매우 자상한 노부인이었다고 했다. 아버지는 매우 게을 렀다. 다른 남자들은 모두 도시에 가서 일거리를 찾는데, 오직 아버지만 가려고 하지 않고 이 작은 마을에서 근근이 날품팔이를 했다. 하지만 할 수 있는 날품팔이가 거의 없었기 때문에 어머니가 하는 일에 기대어 생활했다. 일을 하지 않아서 기분도 좋지 않았다. 어쩔 수 없이 술기운을 빌려 시름을 풀고, 술에 취하면 때때로 어머니와 형을 때렸다. 일이 벌어진 후에 약간의 후회를 보이긴 했지만, 오래된 버릇은 고치기 어려웠다. 어머니와 형은 계속 힘들게 살았다. 형은 중학교 2학년 때 집을 나간 후로 돌아오지 않았다.

이 늙은 어머니에게는 확실히 작은아들이 있었지만 한 달쯤 후에 신기하게도 실종되었다.

교장은 내게 많은 것을 물었다. 나는 하나하나 사실대로 알려드렸다. 그녀는 내가 북부의 고아원에서 자란 사실을 알고 나자 갑자기 감격하더니 상자에서 큰 편지 봉투 하나를 꺼냈다. 어머니가 세상을 떠난 후, 그 베갯머리에서 발견된 것이었다. 교장은 봉투 안에 든 물건이 반드시 의미 있는 것이리라 생각해 남겨두었다며, 어머니의 친척이 와서 가져가기를 기다리며 보관했다고 했다.

나는 떨리는 손으로 봉투를 열어보았다. 봉투 안에는 전부 차표가 들어 있었다. 이 남부 작은 마을에서 신주의 바오산을 오가는 왕복 차표로, 한 묶음씩 모두 잘 보관되어 있었다.

교장이 말하길, 어머니는 반년에 한 번씩 북부에 있는 친척 한 분을 보러 갔다고 했다. 모두들 그 친척이 누구인지는 몰랐지만, 어머니가 돌아왔을 땐 어머니의 기분이 좋아진 것을 느꼈다고 했다. 어머니는 말년에 불교 신자였다. 가장 마음에 흡족했던 일은 돈 많은 불교 신도들을 설득해 백만 위안을 모아 한 천주교 고아원에 기부한 일이었다. 기부하는 날 어머니도 직접 갔다.

순간 기억이 났다. 남부에서 북부로 기도하러 온 불교 신도들이 대형 버스에서 내리던 모습이. 그들은 백만 위안 수표 한 장을 우리 테레사 센터에 기부했다. 수녀님들은 감격해서 모든 아이들을 불러모아 그들과 함께 사진을 찍게 했다. 나는 마침 농구를 하고 있다가 끌려갔다. 매우 심드렁해하며 모두와 사진을 한 장 찍었다. 그리고 이때 뜻밖에도 편지 봉투에서 그 사진을 발견했다. 나는 교장에게 부탁해 사진 속 어머니를 찾아냈다. 나와 멀리 떨어지지 않은 곳에 서 있었다.

더욱 나를 감동시킨 건 졸업 앨범 속 사진이었다. 앨범 한 페이지를 복사한 것이 봉투 안에 있었다. 우리 반 친구들이 사각모를 쓰고 있는 사진 가운데 나도 있었다.

어머니는 비록 나를 버렸지만 줄곧 보러 와주었다. 아마 내 대학 졸업식에도 참석했을 것이다.

교장의 목소리는 매우 차분했다. "네 어머니께 감사해야 한단다. 어머니가 너를 버린 건 보다 나은 환경을 찾아주기 위함이었어. 만일 네가 여기에서 지냈다면, 기껏해야 중학교 졸업 후에 도시에 가서 노동을 하는 정도였을 거야. 여기에서는 아주 적은 수의 아이들만 고등학교에 진학하니까. 만약 어머니가 결단을 내리지 않았다면, 매일 아버지의 폭력을 견딜 수 없어서 아마 너도 네 형처럼 집을 떠나 돌아오지 않았을지도 모르지."

교장은 다른 선생님을 찾아서 그들에게 내 이야기를 들려주었다. 모두들 내가 국립대학교를 졸업할 수 있었던 것을 축하해주었다. 선생님 한 분이 말씀하시길, 지금껏 이곳에서 국립대학교에 입학한 학생이 한 명도 없었다고 했다.

나는 불현듯 어떤 충동에 이끌려 교장에게 학교에 피아노가 있는지 물었다. 피아노가 있지만 그다지 좋은 건 아니라고 했고, 전자오르간이 한 대 있다며 아주 새것이라고 했다.

나는 오르간 뚜껑을 열고 창밖의 겨울 석양을 바라보며 한 곡 한 곡 어머니날 노래를 연주했다. 나는 비록 고아원에서 자랐지만 고아가 아니라는 것을 사람들에게 알리고 싶었다. 줄곧 선량하고 교양 있는 수녀님들이 어머니처럼 나를 돌봐주셨는데 어찌 그분들을 나의 어머니로 생각지 않을 수 있을까. 게다가 나의 생모는 줄곧 내게 관심을 기울였으며, 그분의 결단과 희생으로 나는 훌륭한 환경에서 자라 전도유망한 미래를 가질 수 있게 되었다.

금기는 사라졌다. 나는 어머니날과 관련된 모든 노래를 연주할 수 있을 뿐만 아니라 가볍게 부를 수도 있게 되었다. 교장과 다른 선생님들도 나를 따라 노래를 불렀다. 오르간 소리가 교정에 울렸다. 산골짜기에 나의 오르간 소리가 가득찼을 테다. 해질 무렵 이 작은 마을의 사람들은 분명 궁금해할 것이다. 왜, 누가, 오늘 어머니날 노래를 연주하는가?

내게는 오늘이 어머니날이다. 차표로 가득한 이 봉투가 내 손에 쥐인 후로 더이상 어머니날이 두렵지 않다.

1993년 8월 10일 연합보 문예칼럼

모반*

밤이 깊어지자 어린 요셉은 자신의 지저분한 가방에서 십자가를 찾아 꺼내서 그 위의 예수님께 입을 맞춘 뒤 중얼거렸다. "예수님, 저는 착한 아이에요. 평안히 이 밤을 보낼 수 있게 지켜주세요. 나쁜 사람이 저를 죽이러 오지 않게 해주세요."

어린 요셉은 브라질의 도시 리우데자네이루의 떠돌이 아이다. 리우데자네이루에서는 수천만 아이들이 돌아갈 집이 없어 밖에서 떠돌고, 밤에는 모두 함께 자면서 서로를 보살폈다.**

어린 요셉은 왜 이런 이상한 기도를 하게 되었을까? 한때 브라

---

* 태어날 때부터 살갗에 나타난 짙은 반점.

** 1970년대부터 형성된 리우데자네이루의 슬럼가는 수백 곳에 이르며, 범죄율이 높고 갱단이 마을을 지배하는 위험 지역이다.

질에서는 떠도는 아이를 죽이는 일이 하나의 풍조였기 때문이다. 만약 어느 건물 옆에서 홀로 자는 아이가 있다면 총에 맞아 죽게 될 확률이 컸다. 1991년 브라질 정부의 통계에 따르면, 일 년 동안 1500여 명의 떠돌이 아이들이 암살되었다고 한다.

새벽녘, 어린 요셉이 자는 거리에서는 정적이 극에 달했다. 별안간 자동차 한 대가 급히 달려와 그 안에서 복면 쓴 세 사람이 자동무기를 가지고 이 아이들을 향해 난사했다. 아이들 50여 명이 총에 맞았고, 13명이 그 자리에서 사망했다. 어린 요셉은 기적처럼 화를 피했다. 요셉은 본능적으로 자신의 십자가를 찾았고, 옆에 있던 친구들 역시 저마다 소중하게 간직하고 있는 십자가를 찾고 있었다. 인기척을 느낀 살인범은 아직 살아 있는 아이들을 발견하고 그애들을 끌어다가 차에 태웠다. 몇 미터 정도 떨어진 곳에서 아이들은 차 밖으로 끌려나와 총을 맞았고 시체도 거기에 남겨졌다.

나쁜 짓을 저지른 사람은 반드시 하늘의 심판을 받게 되어 있다. 한 길거리 청소부가 이 대학살의 모든 과정을 목격했다. 차량 번호는 분명히 보지 못했지만 차량 모델은 알아보았다. 당시 외제차를 모는 사람이 매우 적었기 때문에 경찰은 재빠르게 세 명의 용의자를 추렸다. 그중 한 명이 외제차를 가지고 있었고, 새벽 한 시가 넘어 그들은 어린 요셉을 내다버린 지역의 한 술집에 들어갔다. 술집에서 큰 소리로 시끄럽게 떠들어서 무슨 축하파티라도 여는 것 같아 바텐더는 그들을 분명히 기억했다. 이뿐만 아니라 요셉의 십자가가 아직 차 안에 남아 있었고 거기에는 요셉의 지문이 있었다. 증거가 충분했기에 그들은 시인할 수밖에 없었다.

이 살인자 세 명은 모두 브라질의 특수경찰이었다. 매우 괴팍하고 잔인한 무리였다.

비록 전 세계의 여론이 떠들썩했고 세 특수경찰의 범죄행위에 대한 비난이 끊이지 않았지만, 경찰청장은 오히려 그들을 변호했다. 떠돌이 아이들은 이미 치안의 독이고 경찰의 행위는 하늘을 대신해 정의를 행하는 의미가 있음을 내비쳤다. 브라질의 부유한 사람들은 경찰청장의 생각에 동의했다. 그 사람들은 리우데자네이루가 밝고 깨끗해지길 바랄 뿐, 아이들이 왜 떠도는지 관심을 두지 않았다. 어째서 아이가 집을 떠나 방황하는지도 이해하지 못했다.

경찰청장의 부인은 떠돌이 아이들에게 전혀 관심이 없는 대표적인 사람이었다. 부인의 가족은 대형 빌딩의 50층 아파트에서 조용하고 편안하게 산다. 아이들이 어떤 연유로 거리에서 노숙하게 되는 건지 상상할 수도 없었다. 부인의 아들은 매일 경찰 한 명이 차로 학교에 데려다주기 때문에 그 또래의 떠돌이 아이를 본 적이 거의 없다.

경찰청장이 TV 담화를 발표한 다음날, 경찰청장 부인은 전자우편* 한 통을 받았다. 편지에는 이렇게 쓰여 있었다.

부인, 당신 아들의 혈액형은 A형입니다. 아이가 태어난 병원에 전화를 걸어 확인해도 좋습니다. 아이가 출생했을 때 어떤 혈액형으로 등록했습니까?

부인이 확인하기 위해 즉시 전화를 하자 병원에서는 서둘러 컴퓨터로 조회했고, 그 결과 아들은 B형으로 등록되어 있었다.

부인은 처음 듣는 이 정보가 수상쩍긴 했지만 신경쓰지 않기로 했다. 아들은 부인 자신과 매우 닮았고 남편과도 닮았으니 분명 어딘가 잘못될 리는 없을 것이었다.

그러나 그녀는 편지 한 통을 또 받았다.

부인, 당신 아들에게는 모반이 없습니다. 출생기록을 확인해봐도 좋습니다. 당시 오른쪽 손목 안쪽에 모반이 있었는지 기록을 한번 살펴보세요.

부인은 재빨리 병원에 전화해 물어보았고, 놀랍게도 아들이 출생할 때 오른쪽 손목 안쪽에 확실히 모반이 있었다는 답변을 들었다.

---

* 발신자의 편지를 스캔해 전자화한 뒤, 목적지 관할의 우체국으로 발송해 다시 편지로 출력해서 수신자에게 배달하는 방식.

부인은 거의 넋이 나가 어찌할 바를 몰랐다. 아직도 남편에게 알릴 엄두가 나지 않았다. 하지만 세번째 편지가 잇달아 왔다.

부인, 우리 같은 가난한 사람들은 종종 아이를 바꿉니다. 제 형은 갓 태어난 아들과 당신의 아들을 몰래 바꿔치기했습니다. 그를 탓할 수는 없는 일입니다. 몹시 가난했으니까요.

저의 형과 형수는 당신의 아들을 줄곧 잘 대해주었습니다. 형수는 이 일을 전혀 알지 못했습니다. 애석하게도 그들은 모두 병들어 죽었습니다. 만약 돈이 조금이라도 있었더라면 아직 살아 있었을 것입니다. 하지만 마지막 순간까지 어떠한 의사도 만나본 적이 없습니다. 지금 당신의 아이는 이미 거리 위의 떠돌이가 되었습니다. 아이가 어디에 있는지는 아무도 모릅니다.

저는 일찍이 그 아이를 찾으려고 했습니다. 그러나 수많은 사람들 속 어디로 가서 아이를 찾겠습니까? 나 자신도 빈털터리인데 아이를 찾아서 또 어떻게 하겠습니까?

이번에 부인은 바로 남편에게 알리기로 결심했다.

경찰청장은 도시 전체의 경찰들에게 도시 곳곳을 수색하라는 명령을 내렸다. 명을 받은 그들은 오른쪽 손목 안쪽에 모반이 있는 열세 살가량의 떠돌이 남자아이를 찾아야 했다.

경찰들은 왜 이런 아이를 찾아야 하는지 그 이유는 몰랐다. 그저 범인을 찾는 거라고 생각했다. 그래서 수색하는 동안 아이들을 매우 거칠게 대했다. 그러다 놀랍게도 그런 모반이 있는 남자아이 둘을 찾아냈다.

경찰청장은 친히 나와서 두 아이를 보았다. 아이들은 매우 겁에 질려 있었다. 이번엔 분명 죽을 거라고 생각했다. 경찰청장은 어떻게 했을까? 마르고 더럽고 교양 없는 두 아이를 보자마자 "세상에! 이게 어떻게 내 아들일 수 있지?" 하는 반응을 보였다.

경찰청장이 이렇다 할 결정을 내리지 못하고 머뭇거릴 때, 그의 부하가 다가와 계속해서 청장과 통화하기를 원하는 사람이 있다고 전했다. 전화 속 상대방은, 경찰에게 끌려 차에 탔다가 살해당하고 유기된 아이의 기록을 반드시 확인해야 한다고 말했다. 열세 살 남짓의 남자아이이며 오른쪽 손목 안쪽에 모반이 있다고 했다.

경찰청장은 그 자리에서 완전히 정신을 잃었다. 깨어난 후에는 정신이 나가 허튼소리를 했다. 남자아이만 보면 바로 달려가 안고는 "내 아들!" 하고 외쳤다. 그는 당연히 퇴직할 수밖에 없었다.

경찰청장의 아내는 오히려 대단히 침착했다. 두 아이를 보호소로 보냈고, 현재 아들에 대해서는 변함없이 자신이 낳은 것으로 여기며 조금도 태도가 변하지 않았다. 그뿐만 아니라 떠돌이 아이들을 지원하는 일에 힘을 보탰다. 매일 이 가여운 아이들을 위해 정성을 다했다.

두 달 후 경찰청장 부인은 또 편지 한 통을 받았다.

부인, 우리는 당신의 아들을 몰래 바꿔치기한 적이 없습니다. 안심하세요.

저는 컴퓨터 전문가입니다. 대부분의 컴퓨터에 침입할 수 있고, 어떤 자료든 수정할 능력이 있습니다. 당신 아들의 자료는 제가 손을 봤습니다.

그해 저장된 테이프 자료를 찾아봐도 좋습니다. 저는 그 자료를 변경할 방법이 없습니다. 당신 아들의 혈액형은 A형이고 모반이 없다는 사실을 확인할 수 있을 것입니다.

제 친구 하나가 살해된 아이의 자료를 보았고, 당신 남편이 TV에서 담화하는 것을 보았습니다. 우리는 그에게 자기 아이가 살해당한 기분을 맛보게 해주자고 결정했습니다. 하지만 그가 정신을 잃은 모습을 보고는 매우 괴로웠습니다.

우리는 떠돌이 아이를 구원하는 당신의 선행에 매우 감동했습니다. 그래서 당신에게 진실을 알려주기로 했습니다.

경찰청장 부인은 편지를 다 읽고서야 무거운 짐을 벗은 것만 같았다. 그러나 그렇게 흥분하지는 않았다. 이미 한밤중이었다. 부인은 발코니로 걸어갔다. 그리고 이제는 안다. 건물 아래의 거리에는 부모의 보살핌을 받지 못하는 아이들이 많고, 누군가 그들을 살해하러 올지도 모른다는 생각에 걱정이 됐다. 부인은 손에서 편지를 힘없이 놓았다. 한밤중, 편지는 50층 빌딩에서 천천히 펄럭이며 떨어졌다.

경찰청장 부인은 십자가를 하나 찾았다. 십자가 위의 예수님에게 입을 맞추고 기도했다. "예수님! 길거리에서 자는 우리 아이들을 지켜주세요. 설령 그 아이들이 나쁜 일을 했다 해도 그들을 탓할 수 없습니다. 모쪼록 누군가가 아이들을 해치지 못하도록 해주세요. 또한 내일도 계속해서 아이들을 위해 봉사할 수 있도록 저의 건강을 지켜주세요. 아멘!"

1993년 11월 11일 연합보 문예칼럼

진면목

사람들에겐 저마다 자신이 모셔야 하는 보스가 있다. 하지만 내 보스 같은 사람은 정말 모시기 힘들다.

그는 세계에서 가장 악명 높은 독재자 중 한 명이다. 수십 년간 중국 대륙의 억만 명 민중들이 그의 지배 아래에 있었다. 비록 독재자이긴 하지만 자신의 이미지에 신경을 많이 쓴다. 거듭 노력해서 상냥하고 친절한 윗사람 같은 모습으로 나타난다. 다른 사람과 이야기를 나눌 때는 자신의 진면목을 보이지 않기 위해 항상 조심한다.

그래서 미국의 닉슨* 대통령이 그를 보러 갔을 때도 자상한 할

---

* 미국의 제37대 대통령(1913~1994).

아버지의 모습으로 나타났다. 거기에 문화대혁명에 대해서도 혐오감을 드러냈다. 하지만 문화대혁명 당시 자신의 동지들이 비판을 받을 때마다 마음속으로는 쾌감을 느꼈었다.

워터게이트 사건이 터지고 난 후, 그는 감청 시스템에 지대한 관심을 가졌다. 그를 찾아온 사람들의 진정한 생각을 알 수 있게 해주는 시스템이 있었으면 좋겠다고 내게 말한 적도 있다.

나는 인공지능을 공부한 사람이다. 박사과정을 공부할 때 뇌신경에 관한 수업을 들었다. 그래서 나는 극도로 비밀리에 'X 프로젝트'라는 큰 계획을 진행했다.

X 프로젝트의 생산품은 뇌파 해석과 컴퓨터 기술을 토대로 설계된 것이었다. 우리는 초소형 뇌파측정기를 설치한 뒤 방문객이 보스와 대화를 나눌 때 그 사람의 뇌파가 기록되도록 했다. 또한 그 뇌파를 아주 자세히 해석해내는 뇌파 해석 시스템이라는 것도 있었다.

어쩌면 독자들은 뇌파 해석이 어떤 의미인지 잘 이해하지 못할지도 모르니, 이 부분을 잠시 설명할 필요가 있겠다. 가령 누군가에게 글자 하나를 보여준다고 하자. 명백하게 '갑'이란 글자이지만 그 사람은 낯빛 하나 변하지 않고 '을'이라고 말할 수 있다. 이때 한 가지 속일 수 없는 것이 있다. 바로 그 사람의 뇌파다. 왜냐하면 뇌파는 그 사람이 본 글자가 '갑'임을 분명하게 드러내기 때문이다. 세상에서 뇌파를 해석할 수 있는 사람은 극히 드물다. 하지만 우리는 대단한 뇌파 전문가들을 찾아냈다. 그들은 놀랍게도 우리를 대신해 전 세계에서 하나뿐인 뇌파 해석 시스템을 만들어 주었다. 우리는 이 시스템을 아주 오랜 기간 시험하면서 서서히 개선해나갔다. 그리고 드디어 거의 완벽한 수준까지 도달했다. 우리는 어떤 사람의 생각이든 다 알 수 있게 되었다.

이런 시스템을 갖춘 것만 해도 이미 훌륭했다. 하지만 나는 만족하지 못했다. 나는 여기에 비밀 카메라를 더했다. 슈퍼컴퓨터로 영상과 음성을 합성하는 기술을 이용해 녹화된 영상에 방문객의 진면목이 나타날 수 있도록 했다.

가령 방문객이 "나는 절대적으로 아무개를 지지한다"라고 말했으나 속으로는 그 아무개를 '죽도록 원망한다'고 생각했다고 해보자. 우리는 이 모든 시스템을 통해서, 방문객이 이를 부득부득 갈며 "나는 아무개를 죽도록 원망한다"라고 말하는 모습을 볼 수 있다. 혹은 방문객이 "당신 안색이 참 좋아 보이네요"라고 말하는 것을, 비디오테이프 속에서는 웃으면서 "보아하니 당신 오래 못 살겠군요"라고 말하는 걸로 볼 수 있다.

보스는 내 시스템에 칭찬을 아끼지 않았다. 매번 방문객이 가고 나면 '진면목 비디오테이프'를 보자고 했다. 그러고 나면 정적政敵의 생각을 손바닥 보듯 환히 알 수 있었다. 과연 어느 누구도 그와 싸워 이길 수 없었다.

그러다 보스는 끝내 앓아누웠다. 내가 보기에 그가 건강을 회복할 가능성은 높지 않았다. 그는 옛 영화 보는 것을 좋아했다. 어느 날 밤 그가 오래된 뮤지컬 영화를 보고자 했다. 나는 비디오테이프를 가지고 들어가는 책임을 맡았다.

침실 안에는 그밖에 없었다. 나는 바로 영화를 틀지 않고서 대신 비디오테이프 하나를 끼워넣었다. 스크린에 보인 것은 그의 진면목이었다. 평소 자상하게 보이던 이 노인이 지금은 오히려 비열하고 염치없는데다 잔인한 사람으로 나타났다.

보스는 자리에서 거의 펄쩍 뛰다시피 일어났다. 씩씩거리며 이게 어떻게 된 일이냐고 물었다. 예전에 닉슨 대통령이 백악관에 감청기를 설치했던 일이 결국 그 자신을 해치게 된 것처럼, 우리의 시스템이 종국에는 보스를 겨눈 셈이 된 것 같다 말했다. 컴퓨터 안에는 그의 진면목 기록이 있었다.

나는 또한 그에게 알렸다. 그가 세상에 있을 날이 얼마 남지 않았다고. 하지만 그는 곧 어느 한 분을 만나러 가야 하며, 그분은 그의 참모습만 알고 있으니 보스가 마음의 준비를 할 수 있도록 그분이 먼저 보스 본연의 모습을 보게 한 것일지 모른다고.

보스는 이미 말을 할 수 없었다. 자신의 진면목을 볼수록 겁을 내면서 몇 분 후 바로 숨이 끊겼다.

나는 테이프를 뮤지컬 영화로 바꿔놓고, 진면목을 담고 있는 테이프를 가지고 그 자리를 떠났다. 그리고 모든 비디오테이프를 태워버리고, 컴퓨터에 저장된 기억도 모두 없애버리라고 명령했다.

이 모든 것은 내가 계획한 것이었다. 나는 이미 알고 있었다. X 프로젝트의 최대 피해자는 보스 자신이라는 것을. 그와 같은 사람은 자신의 진면목을 감히 보지 못하는 사람이다. 이 세상에서 자신의 진면목을 용감하게 마주할 수 있는 사람은 결국 얼마 없을 것이다.

1994년 3월 3일 연합보 문예칼럼

금요일의 악몽

장張사장을 아는 사람들은 하나같이 그의 재능에 감탄한다. 그에게는 한 가지 특별한 점이 있다. 무릇 자신이 배우고 싶어하는 것은 무엇이든지 완벽히 습득한다는 점이다.

예를 들면, 중학교에 다닐 때 그는 학업 성적이 좋을 뿐 아니라 운동도 굉장히 잘했다. 그가 하고자 하면 어느 학교 대표팀에나 들어갈 수 있었다. 타이완대학교 전기기계학과에 들어간 후에도 변함없이 남달랐다. 대부분의 친구들은 시험 준비만으로도 빠듯했지만 그는 오히려 시간이 남아서 각종 새로운 기술 발전에 관심을 기울일 수 있었다. 아니나 다를까 버클리대학교 대학원을 다닐 때는 지도교수뿐만 아니라 실리콘밸리의 많은 회사들까지도 그를 좋아했다. 그의 지도교수는 스키의 명수로 알려져 있었다. 그는 별로 힘들이지 않고도 스키를 아주 잘 탔다.

대학원에서 박사학위를 받은 후 장사장은 귀국했다. 박사학위를 취득한 사람들은 대부분 대학교로 가서 교편을 잡는 걸 선호했지만 그는 공업 관련 업계에 들어가 근무했다. 평사원인 엔지니어부터 시작해 순풍에 돛 단 듯이 한순간에 우리 회사의 사장이 되었다.

우리 모두 그의 능력에 감탄했으나 그를 좋아하는 사람은 단 한 명도 없었다. 동정심이라고는 눈곱만큼도 찾아볼 수 없는 사람이었기 때문이다. 능력이 부족한 사람에게 무시하는 눈치를 숨기지 않고 내비쳤다. 자신은 일을 너무 잘해서 다른 사람들의 업무 처리가 왜 기대에 못 미치는지 이해하지 못했다. 그는 종종 내게 말했다. 생존 경쟁에서 강한 자는 살아남고 약한 자는 도태되는 것이 자연의 최고 법칙이라 생각한다고. 능력이 부족한 사람들은 무조건 길을 비켜주는 것이 당연하고, 능력이 좋은 사람들이 사회를 주도할 수 있도록 해야 한다는 것이다.

그는 원래 왕王씨를 꽤 마음에 들어했다. 왕씨가 설계한 전기회로를 보고서 그 능력이 상당히 뛰어남을 발견했기 때문이다. 하지만 왕씨가 지팡이를 사용해야만 걸을 수 있는 장애인이라는 사실은 장사장이 그를 직접 만난 후에야 알게 되었다. 장사장은 걸음이 매우 빨라서 왕씨가 도무지 그를 쫓아갈 수 없었다. 장사장은 여태껏 걷는 속도를 늦추려 한 적이 없었다. 매번 그와 같이 걸을 때마다 결국 왕씨는 까마득히 뒤처져야 했고, 마침내 어쩔 수 없이 회사를 옮길 수밖에 없었다.

이후군은 장사장의 운전기사다. 그를 위해 육 년 반 동안 차를 운전했다. 한 번도 장사장과 잡담을 나눈 적은 없다. 설령 주행 거리가 길이 두 시간이 넘도록 운전하는 경우라도 장사장은 이군과 한 마디도 하지 않았다.

장사장은 내가 아는 이들 중에 가장 자신감이 넘치는 사람이다. 이상할 건 없다. 그는 어렸을 때부터 '실패'라는 것이 뭔지 몰랐다. 성적이 좋은 고등학생 대부분은 체육 과목에서 뒤처지기 마련이다. 체육을 잘하는 녀석들은 사지가 발달했지만 학업 성적이 좋지 않다. 오직 장사장만이 교실에서의 시험도 두려워하지 않고, 운동장에서의 시험에도 곤란해하지 않았다. 이러한 연유로 그는 업무 성과가 좋지 않은 사람들을 싫어하는 마음을 갖게 되었고, 종종 운이 없는 사람들은 회사에서 잘려나갔다.

두 달 전, 장사장과 내가 그의 사무실에서 어떤 일에 대해 토론을 하고 있을 때, 내 동기인 진陳씨가 문을 두드리고 들어왔다. 재능은 중간 정도였지만 대단히 성실한 사람이었다. 부지런함으로 재능의 부족함을 보완했기 때문에 그의 업무 태도는 그런대로 나쁘지 않았다. 안타까운 건 한동안 어머니가 병환으로 위중해 종종 간호하러 가는 바람에 몇몇 일들을 잘해내지 못했다. 진씨는 들어오자마자 말을 더듬거리면서 전기회로 설계 일정이 뒤처진 건 어머니가 병에 걸렸기 때문이었다고 해명했다. 이제 어머니가 세상을 떠나셨으니, 과거 부족했던 시간을 메워서 작업 진도를 따라잡을 수 있을 거라고 말이다.

다른 사람들은 진씨의 어머니가 돌아가셨다는 말을 듣자마자 모두들 조금이나마 동정을 표했다. 하지만 장사장은 아니었다. 누구든 업무 태도가 좋지 않으면 어떤 이유가 됐건 회사에서 반드시 사라져야 한다고 그는 말했다. 업무 일정이 늦춰지면 회사의 손실이 엄청나기 때문이다. 게다가 회사에는 일을 잘하는 사람만이 필요하다고 했다. 진씨에 대해서는 그가 이미 인사부에 통지했다. 오늘이 그가 일하는 마지막날이다. 장사장은 그에게 인사부에 가서 퇴직 절차를 밟게 했다.

진씨는 대단히 성실한 사람이었으니 이러한 해고는 당연히 엄청난 충격이었다. 그는 일 분 동안 단 한 마디도 꺼내지 못했다. 아마 장사장 같은 사람에겐 은혜를 베풀어달라고 간청해도 소용없다는 걸 알았을 테다. 그래서 그는 한 마디도 하지 않고 떠났다.

그런데 문 앞으로 간 진씨가 갑자기 고개를 돌리며 물었다. "오늘이 무슨 요일입니까?" 장사장이 말했다. "금요일입니다." 진씨는 대단히 엄숙한 목소리로 말했다. "그래요. 이제 매주 금요일 밤마다 당신을 찾아오겠습니다." 그러고는 이내 문을 열고 떠났다.

나는 진씨의 말이 무슨 뜻인지 이해하지 못했다. 하지만 장사장의 얼굴에서 한 줄기 공포를 읽고는 이상하다고 생각했다. 그가 무엇을 두려워하겠는가? 온화한 진씨가 분명히 그냥 해본 소리일 텐데, 무서울 게 뭐 있겠는가?

그뒤로 이어진 몇 주 사이에 장사장은 변했다. 정말 차분한 사람이었는데, 그날 이후 다소 거칠고 급한 성격으로 바뀌었다. 그리고 종종 피곤한 모습을 드러냈다. 회의를 할 때조차도 정신이 다른 데 가 있는 듯했다. 특히 매주 금요일 오후마다 유독 불안한 모습을 보인다는 점이 이상했다.

그의 몇 가지 잘못된 결정으로 회사 매출이 큰 영향을 받았다. 이 소식이 퍼지고 주가는 폭락했다.

그렇게 두 달이 흘렀다. 우리처럼 밑에서 일하는 사람들은 모두 그를 걱정하고 또 회사를 걱정했다. 다른 회사로 이직하고자 하는 사람들도 생겼다. 지난날 자신감으로 충만했던 장사장이 완전히 자신감을 상실한 듯 보이는 건 더이상 이상한 일이 아니었다.

또다시 금요일 오후가 됐다. 장사장이 나를 찾아왔다. 이번에는 예전의 표정을 되찾았다. 나와 얘기하며 웃기도 하면서 유명하고 비싼 와인까지 한 병 보여주었다. 또한 그가 대단히 소중히 여기는, 체코산 수정으로 만든 술잔을 하나 건네주었다. 그러고는 나와 아주 철학적인 대화를 나눴다. 요지는 이러했다. 사람은 자신의 운명을 조종할 수 있는 능력이 있어야 한다. 만약 자신의 운명을 스스로 주재하지 못한다면 살아서 무슨 의미가 있겠는가.

하지만 나는 그의 관점에 감히 동의하지 못했다. 우리 같은 대부분의 사람들은 자신의 운명을 조종할 수 없으며, 그저 한 걸음씩 내디딜 수 있을 뿐이라고 말했다. 가령 평범한 노동자 계층의 사람들은 사장에게 해고당하는 경우가 매우 많다. 그렇다고 그들 모두 살아갈 필요가 없는가? 설령 대통령이 되었다고 해도 다음 선거에서 당선이 되리란 보장은 없지 않나. 나는 솔직하게 말했다. 사회의 어느 누구도 자신의 운명을 완전히 주재할 수 없다고.

장사장은 내 말에 신경쓰지 않고 다른 주제로 넘어갔는데, 바로 우승열패優勝劣敗 문제였다. 그는 여전히 지능과 능력이 떨어지는 사람들을 보는 게 아주 싫다고 말했다. 자동화 기술로 인해 평균 지능을 가진 사람들은 일자리를 잃게 될 거라는 아주 무서운 생각도 갖고 있었다. 대단히 자연스러운 현상이라고 말이다.

이런 그의 주장과 관점이 정말 넌더리가 날 정도로 싫었다. 하지만 감히 그와 논쟁할 수 없어서 어쩔 수 없이 작별인사를 했다. 하지만 한 가지 생각이 들었다. 장사장이 다시 자신감을 회복했으며, 그의 운명을 다시 주재할 수 있을 것 같다는 예감이었다.

그날 밤 열시 정도에 갑자기 병원에서 걸려온 전화 한 통을 받았다. 그 병원 홍보 주임이 아주 조용한 목소리로 놀랄 만한 소식을 전해주었다. 장사장이 자살을 기도했으나 미수에 그쳤고 현재 위험한 상황은 모면했다고 말이다. 병원에서는 회사의 부사장인 내게 그 소식을 알리기로 결정한 것이었다.

내가 서둘러 병원에 도착했을 때, 장사장은 기력 없이 병상에 누워 있었다. 그의 부인이 곁에 있었다. 그는 나를 보고는 모든 것이 잘될 거라며, 회사일을 내게 잠시 맡긴다고만 말했다.

병원에서 알려주길 장사장은 구급차로 이송됐고, 한 젊은이가 줄곧 그와 함께 있었으며, 장사장은 계속해서 젊은이의 손을 끌어잡고 놓질 않았다고 했다. 나는 그 젊은이가 이군이라는 걸 알아챘다. 나는 의사에게 그가 장사장의 운전기사라고 알려주었다. 의사가 말했다. "사장님이 원체 감정이 풍부한 사람인가봅니다. 기사 손을 끌어잡고 있는 걸 보니, 둘 사이가 정말 좋은 것 같더군요."

다음은 이군이 들려준 이야기다. 사고 당일, 장사장은 계속해서 아래층으로 내려오지 않았다. 이상하다고 느낀 이군이 건물 관리자를 찾아 사무실 문을 열자 장사장이 한 손을 전화기에 올린 채 책상 위에 엎드려 있었다. 이군은 바로 구급차를 불러 사장을 응급실로 데리고 갔다. 그가 크게 의아해했던 건 장사장이 갑자기 그의 손을 잡아끈 일이었다. 응급처치 때조차도 그의 손을 잡고 놓지 않았다. 부랴부랴 부인이 도착하자 그제야 손을 놓았다.

우리는 장사장이 자살을 시도한 사실을 비밀로 했다. 그렇지 않으면 주가가 또 크게 떨어질 수 있기 때문이다.

장사장은 마침내 회사에 돌아와 일을 했다. 그런데 아주 상냥하고 친절한 사람으로 바뀌었다. 여전히 영리한 그였지만 더이상 남을 욕하지 않았다. 가급적 사람들에게 좋은 말을 하려고 애쓰기도 했다. 회사 직원들의 사기가 크게 올랐고 매출도 정상으로 회복됐다. 이전보다 더 좋아지기도 했다.

　과거 장사장은 다른 사람들과 밥을 먹지 않았다. 지금은 남들과 함께 점심을 먹는다. 이따금 회사 정문 앞에 있는 국숫집에 가서 단자이면을 먹기도 했다. 직장 동료에게 한 번도 관심을 가진 적 없던 그가 이제는 그들에게 걱정거리가 있으면 관심을 보였다. 게다가 내가 느끼기에 그 관심은 결코 거짓이 아니었다.

　하지만 나는 그가 자살하려 했던 일을 안다. 그리고 자살하기 전에 분명히 불안감을 느꼈을 테다. 과연 그는 무엇을 두려워했던 걸까?

　나는 해고당한 진씨가 떠올랐다. 설마 진씨가 매주 금요일마다 가서 정말로 그를 놀라게 했단 말인가? 진씨는 다른 전자회사에서 일했다. 나는 전화를 걸어 이런 일을 했는지 물어보았다. 진씨는 아주 정색하며 억울하다고 외쳤다. 해고된 다음날 바로 일자리를 구했고 급여도 더 높다고 그는 말했다. 장사장 일은 까맣게 잊고 그후로 한 번도 찾아간 적이 없다고 말이다. 해고 당시에 한 말은 순간 생각나는 대로 내뱉은 것이었다.

　그후 며칠이 지나 진씨가 갑자기 몹시 흥분해 전화를 해왔다. 내게 보여줄 것이 있다며 한 커피숍에서 만나기로 약속했다. 편지 한 통이었다. 장사장이 그에게 보낸 것이었다.

　진형에게

당신에게 고마움을 전합니다. 당신이 제 인생을 바꿨습니다.

저는 고등학교 시절부터 스스로가 타고난 재능이 아주 뛰어난 사람임을 알았습니다. 그리고 평범한 사람들을 아주 싫어했습니다. 우승열패와 적자생존의 이치를 진심으로 믿었지요.

하지만 줄곧 두려웠습니다. 타고난 재능에 문제가 생기면 어떻게 할까 걱정됐기 때문입니다. 만일 교통사고를 당해 뇌진탕에 걸려 기억력과 판단력이 모두 쇠퇴한다면, 경쟁에서 도태되어 탈락하지 않겠습니까?

비록 걱정은 했지만 줄곧 심각하지는 않았습니다. 가끔 생각나는 정도였지요. 하지만 그날 당신이 매주 금요일마다 찾아오겠다고 말한 후 저는 매주 금요일 밤마다 악몽을 꿨습니다. 그 악몽 속에서 저는 아주 평범한 능력을 가진 사람으로 변해 있었습니다.

처음 꾼 꿈에서는 고등학교 시절로 돌아가 선생님이 뜀틀을 뛰어넘으라고 했지만 할 수 없었습니다. 어떻게 해도 뛰어넘지 못해서 아주 창피했습니다.

두번째 꿈에서는 대입학력고사를 치렀습니다. 한 문제도 답을 쓸 수 없었습니다. 조급한 나머지 온몸에 식은땀이 흘렀고, 깨어보니 실제로도 온몸이 축축하게 젖어 있었습니다.

문제는 매주 금요일마다 반드시 이런 꿈을 꿨다는 점입니다. 꿈속에서 저는 언제나 나약하고 무능하기가 이루 말할 수 없었습니다. 한번은 회사 제품을 완전히 잘못 설계해서 고객들이 대량으로 반품

하는 꿈도 꾸었습니다.

매주 금요일 밤마다 고통에 시달려 두려워지기 시작했습니다. 한 주 내내 공포 속에서 생활했습니다. 제 운명을 조정할 능력을 점차 잃어가고 있다는 것을 알았지요. 그래서 자살하기로 마음먹었습니다. 그래야만 여전히 저한테 자기운명을 통제할 능력이 있음을 증명할 수 있으니까요.

하지만 수면제를 먹고 정신이 몽롱해졌을 때 무슨 까닭인지 오히려 머릿속이 아주 또렷해지면서 몹시 살고 싶다는 생각이 들었습니다. 불현듯 깨달았습니다. 능력이 좋지 않은 것이 무슨 상관인가? 즐겁게만 살아간다면, 남보다 뛰어나지 않더라도 좋은 것 아닌가? 저는 제 운전기사인 이군을 생각했습니다. 그가 진심으로 부럽다고, 죽기 전에 큰 소리로 알려주고 싶었습니다. 그는 늘 즐거워 보였기 때문이지요. 하지만 기운이 빠져버려 수화기에 손은 닿았지만 전화를 걸 수 없었습니다.

이군이 문을 부수고 들어왔을 때 정말 기뻤습니다. 그의 손을 잡아야겠다고 생각했고, 실은 제가 아주 평범한 사람이라고 알려주고 싶었습니다. 사람들이 저를 불쌍히 여기길 바랍니다. 그리고 다시는 우승열패에 대해 이야기하지 않을 겁니다.

저는 지금 매우 행복하게 살아가고 있습니다. 그리고 예전의 그런 공포는 완전히 없어졌습니다. 평범한 사람으로 사는 것, 그것이 자연스러운 일임을 알았기 때문입니다. 만약 제가 다른 사람들보다

못해도 더이상 마음에 깊이 담아두지 않습니다.

이 모든 일이 당신 덕택입니다. 당신 덕에 매주 금요일마다 악몽을 꾸었고, 자살하려 했으며, 또한 이런 바보 같은 짓도 하게 되었습니다. 이제야 제가 본래부터 평범한 사람이라는 것을 알게 되었습니다.

장○○ 드림

우리 둘 다 픗 하고 웃음이 튀어나왔다. 우리는 본래부터 줄곧 체육을 못하고 공부도 못했다. 그래서 실제로 이런 일이 있을 거라고는 상상도 못했다. 뜀틀을 뛰어넘지 못하고, 시험을 못 보는 것은 늘상 있는 일이었다. 재능이 없는 사람은 재능을 잃어버리는 것을 두려워하지 않는다. 우리는 여태껏 능력이 아주 뛰어난 그런 사람들을 부러워한 적이 없다. 사실 그들은 모두 두려움 속에서 살아간다. 우리는 우승열패에 대해 지나치게 강조하지 않았고, 그렇기에 실패에 대해서 이와 같은 두려움도 없었다.

장사장은 이제 자신의 운전기사와 웃으면서 이야기를 나눈다. 오늘은 그를 데리고 취두부를 먹으러 가는 모습을 보았다. 이군의 얼굴에 고통스러운 표정이 가득했다. 취두부를 싫어하는 게 틀림없다. 그는 그해 장사장의 목숨을 구해준 일을 분명 후회할 것이다.

1994년 3월 30일 연합보 문예칼럼

세 아이 이야기

말을 하지 않는 아이

처음 이 아이를 본 건 삼십사 년 전의 일이다. 당시 나는 대학에 다니고 있었고, 마침 자전거를 타고 학교에 가려던 참에 경찰 한 명이 밧줄로 아이를 묶은 채 길거리에서 끌고 가는 모습을 보았다. 아이는 채 열 살도 안 되어 보였고 윗옷을 입고 있지 않으며 마르고 까무잡잡했다. 양손은 몸 뒤로 묶여 있었고 몸도 밧줄로 꽁꽁 묶였다. 밧줄 끄트머리를 단단히 잡고 있던 경찰은 마치 개를 잡아끌듯이 아이를 끌고 갔다. 아이는 신발도 신고 있지 않았다. 삼십여 년 전이었으니 자동차는 아주 드물었고 경찰차도 그랬기에, 범인을 잡으면 종종 길거리에서 질질 끌어 경찰서로 연행할 수밖에 없었다. 분명 법을 어겼을 아이는 경찰에게 잡혀 경찰서로 압송되고 있었다.

범인이 너무 어렸기 때문에 행인들은 참지 못하고 물었다. "이게 무슨 일입니까?" 경찰은 아예 멈춰 서서 사람들에게 설명했다. "아이의 어머니는 사망했고 아버지는 병에 걸려 몸져누워 있습니다. 아이는 여러 차례 밖에 나가 물건을 훔쳐 가족을 부양했습니다. 먹을 것 조금을 훔친 일이었지만 도둑맞은 가게는 더이상 참지 못하고 오늘 아침 아이를 잡고서 다시 놓아주지 않았습니다."

나는 아이의 표정에 주목했다. 보통 사람이라면 이런 상황에서 마땅히 두 가지 표정을 지을 수밖에 없을 것이다. 전혀 개의치 않는 듯 반항적이거나, 아니면 부끄러워 고개를 들지 못거나. 그런데 이 아이는 어땠을까? 망연한 표정, 혹은 그 어떤 표정이 조금도 없는 얼굴이었다. 아이는 우리 행인들의 시선을 조금도 피하지 않았고 쉴새없이 몸부림칠 뿐이었다. 확실히 아이는 너무 꽁꽁 묶여 있었다.

나는 당시 교도소에서 자원봉사를 하고 있었기에 오래지 않아 이 아이를 우연히 만나게 되었다. 여전히 윗옷을 입지 않은 채 맨발로 바닥을 청소하고 있었다. 나는 인자한 관리자 한 분을 찾아 아이에게 입을 옷이 없는 것 같다고 상기시켜주었다. 관리자는 바로 가서 붉은색 아동용 셔츠를 찾아와 아이에게 입혔다. 관리자는 이 아이가 대단히 조용하고 지금까지 말을 한 적이 없다고 했다. 지켜본 바로는 구치소에 구금된 이후 어떠한 말도 한 적이 없는 것 같다고 말이다. 대단히 순종적이어서 시키는 일만 얌전하게 할 뿐 여태까지 불평한 적도 없다고 했다. 관리자 역시 이 아이에게 아무런 표정이 없다고 말했다. 이렇게 아이를 두번째로 만나게 됐다.

비가 많이 내리는 날이었다. 그 탓에 실내로 파리가 떼로 들어왔다. 마침 높으신 분이 방문하게 되어 있어, 아이는 관리자에게 붙잡혀 복도 바닥에 앉은 파리들을 잡게 되었다. 그러나 기술이 좋지 않아서 많이 잡지는 못했다.

마침 나는 할일이 없었기에 아이의 파리채를 가져다가 대신 파리를 잡았다. 파리채를 한참 휘두르는데 아이가 갑자기 나를 와락 안았다. 내 어깨에 머리를 푹 기댄 채 여전히 아무 말도 하지 않았다. 하지만 아이의 눈물이 내 어깨 위에 뚝뚝 떨어지는 것을 느꼈다.

나는 거기에 쪼그려앉아 어떻게 하면 좋을지 몰랐다. 말을 하지 않던 아이가 드디어 몸짓으로 자신의 기분을 말해주었다. 열 살짜리 아이가 꽁꽁 묶인 채 길거리에서 끌려다닌 일이 그 마음속에 얼마나 큰 슬픔과 고통을 주었을지 상상할 수 있을 것이다. 아마 아이는 지금껏 사람들에게 욕만 듣고 쫓겨다니기만 하면서 누구의 관심도 받은 적이 없었을 것이다. 내 어깨 위에 떨어진 눈물은 분명히 감격의 눈물이었다.

누군가 와서 이 아이를 억지로 끌고 가자 복도 전체가 쥐죽은듯 조용해졌다. 구치소에서 이런 고요함은 특별한 상황임을 알고 있었다. 나는 높으신 분이 오기 전에 서둘러 떠났다.

한동안 나는 학교에서 조용해지고 말수가 적어졌다. 친구들도 내가 왜 말없는 다 큰 아이로 바뀌었는지 몰랐다. 친구들은 유학 계획, 여자친구 사귀는 일, 댄스파티에 대해 이야기했다. 하지만 나는 줄곧 병든 아버지를 둔, 다른 사람과 말하지 않는 그 아이를 생각했다.

밥을 먹으려 하지 않는 아이

이 아이는 어수룩했다. 고아원의 수녀님은 내게 이 아이가 지능이 좀 떨어진다고 알려주었다. 아주 심각한 정도는 아니어서 스스로를 돌볼 수 있었다. 하지만 책을 읽을 수 있는 수준이 안 되어 학교에서는 특수반에서 공부했다.

내가 매번 질문할 때마다 아이는 "몰라요"라는 대답만 했다. 정말 화가 나 죽을 지경이었다.

어느 날 아이가 다리를 다치는 바람에 수녀님이 내게 병원에 데려다주라고 했다. 유일한 가족인 아이의 할아버지와 서둘러 동행해 병원에 갔다. 수녀님이 하루종일 아이와 같이 있을 수 없었기 때문이다.

아이는 갑자기 음식을 먹지 않았다. 외상이기 때문에 음식을 먹지 않을 이유가 없었다. 매번 어떻게 달래도 채소만 한두 입 먹을 뿐 다른 음식은 입에 대지도 않았다. 아이의 할아버지가 이 모습을 보고 음식을 모조리 먹어치워버렸다. 이틀이 지나도 아이는 여전히 채소만 조금 먹었다. 마음이 조급해진 할아버지가 급히 전화를 걸어 수녀님이 오시도록 했다.

아이를 매우 잘 아는 수녀님조차 도무지 이해할 수 없었다. 지금껏 아이는 식욕이 아주 좋았다. 그러니 음식을 먹지 않는 데는 반드시 이유가 있을 것이다. 하지만 대체 무슨 이유란 말인가?

역시 수녀님은 대단했다. 분명 아이는 할아버지가 매우 가난해서 먹을 것을 살 수 없을까봐, 자신이 병원의 음식을 먹지 않으면 할아버지가 마음껏 먹게 되리라고, 그렇게 생각했을 거라고 수녀님은 추측했다. 할아버지는 역시나 아이의 음식을 정말로 먹었고, 아이는 이제 자신이 굶으면 할아버지가 먹을 음식이 생길 거라고 더욱 확신하게 된 것이다.

수녀님은 아래층으로 내려가 도시락 두 개를 사서 하나는 할아버지에게 주고 하나는 자신이 먹었다. 할아버지와 수녀님은 바로 도시락을 먹기 시작했고 아이는 그제야 안심하고 병원에서 내온 밥과 반찬을 굶주린 호랑이가 양을 덮치듯 모조리 먹어치웠다. 병원 밥을 다 먹었을 뿐만 아니라 수녀님에게 자신이 먹을 도시락을 하나 더 사 오게 했다.

아이와 같은 병실의 환자들도 안도의 한숨을 쉬었다. 의사와 간호사까지 모두 아이가 밥을 먹는 모습을 보고는 병실 안은 거의 축하파티 분위기가 되었다.

기도밖에 할 수 없는 아이

처음 아동센터에서 이 아이를 본 건 대략 사 년 전이었다. 여섯 살 정도된 아이는 폴짝폴짝 뛰어다녔다. 아이가 먼저 내게 알려주었다. "우리 엄마는 너무 일찍 세상을 떠나셨고, 아빠는 일 때문에 나를 돌볼 수 없어서 이쪽으로 보내질 수밖에 없었어요." 당시 아이의 말을 듣고 매우 가슴이 아팠다. 여섯 살밖에 안 된 아이가 놀랍게도 '엄마가 너무 일찍 떠나셨다'는 말을 썼기 때문이다.

사 년 후 아이는 훌쩍 자랐고 성탄절이 되기 며칠 전, 아동센터에 있는 성당에 들어갔을 때 또 아이를 마주쳤다. 성당 안에는 아무도 없었고 아이 혼자만 성모상 앞에서 무릎을 꿇고 기도하고 있었다.

아이에게 어떻게 된 일이냐고 물었다. "아빠가 아파요. 저는 어린아이라 아빠를 위해 좋은 의사 선생님을 모시고 올 능력이 없어요. 성모마리아님께 아빠를 보호해달라고 기도하는 수밖에 없어요."

나는 성당을 떠나며 참지 못하고 뒤를 돌아보았다. 아이는 타오르는 초들이 놓인 성모상 앞에 무릎을 꿇고서 고개를 들고 있었다. 촛불이 아이의 얼굴을 비추었다. 멀리서 보니 성탄카드에 그려져 있을 법한 아름다운 한 폭의 그림 같았다.

나는 아이의 아빠를 대신해 기뻐했다. 이렇게 효성스러운 아이를 얻을 수 있는 사람이 몇이나 될까?

후기

첫번째 아이는 곧바로 출소했다. 마음씨 좋은 몇몇 교도관들이 치료비를 모금해 아이의 아버지는 마침내 건강을 회복했다. 치료비는 당시 물가로 보아 보잘것없는 봉급을 받는 교도관이 몇 달 동안 먹고 입는 것을 아껴야만 모을 수 있는 돈이었다.

타이완대학교 전기기계학과 학생 몇몇은 아이가 출소한 후 보충 수업을 해주기로 자원했고, 아이는 그들과도 말을 하기 시작했다.

두번째 아이는, 병원에서 줄곧 말을 하지 않아 병원 전문의들이 마침내 지적장애 증명서를 써주고 아이에게 장애 수첩을 받도록 조치했다. 훗날 정부가 장애인에게 제공하는 복지를 누릴 수 있을 것이다. 지적장애 아이가 이처럼 효성스러울 수 있을지는 모두가 생각지도 못했다.

세번째 아이는, 아빠의 병이 심각하지 않아서 이내 회복했다는 소식을 듣고 기분이 매우 좋아졌다. 폴짝폴짝 뛰어다니는 모습을 다시 한번 볼 수 있었다.

나는 유년기에 어떤 고통도 겪어본 적이 없었다. 다만 가난한 아이들을 만날 기회가 많았는데, 그 아이들은 분명 우리의 관심을 간절히 바라고 있었다. 우리가 그들에게 주는 사랑이 어떤 형태든, 그 사랑은 가뭄이 든 밭에 내리는 비처럼 아이들이 절대적으로 바라는 것이다. 그러나 가장 중요한 것은 이런 가난한 아이들이 다른 아이들보다 더 사랑스러운 마음을 가지고 있고, 더 효성스럽다는 점이다.

1994년 4월 13일 연합보 문예칼럼

산골짜기에 핀 라일락꽃

우리 집안은 대대로 이 작은 마을에서 살았다. 마을은 산골짜기 안에 자리잡고 있는데, 너른 초원이 있고 초원 가장자리에는 라일락나무가 무성하게 자라 있다. 봄에는 초원 주위로 연보라색 라일락이 가득 피어났고, 꽃향기가 산골짜기 여기저기를 휘감았다.

아이들은 틈만 나면 초원에서 논다. 시골 아이들은 집과 학교를 제외하면 거의 대부분의 시간을 이 초원에서 보낸다.

일 년 전, 누군가 아버지를 찾아와 정부에서 징병을 하니 바로 입대해야 한다고 알렸다. 아버지는 하릴없이 가족들과 작별의 입맞춤을 하고 산을 내려갔다. 처음 얼마 동안은 편지가 왔지만 반 년 전부터 소식이 끊겼다. 어머니는 어찌된 일인지 물으러 갔다가 아버지가 전쟁터에서 행방불명됐다는 소식을 들었다.

우리집 근처에 사는 삼촌들과 아저씨들도 모두 전쟁터에 싸우러 갔다. 마을에는 힘없는 노인들과 여인들, 아이들만 남았다. 우리 같은 남자아이들은 초원 위에서 노는 것 외에 밭에서 허드렛일을 거들어야 했다.

나는 선생님에게 가서 물어봤다. 아버지는 도대체 누구와 싸우러 갔나요? 선생님은 우리에게 이슬람교도를 무찌르러 갔다고 알려주셨다. 나는 왜 이슬람교도를 무찔러야 하는지 캐물었다. 선생님은 이 일이 지난 역사와 관련이 있다고 하면서, 분명히 사백 년 전의 얽히고설킨 원한이 오늘에 이르러 다시 불거졌기 때문이라고 하셨다.

어느 날, 한 포병 부대가 마을로 들어왔다. 그들은 산골짜기의 초원에 대포를 세우고 참호를 여러 군데 설치하고 진지를 만들었다. 그들의 등장은 우리 남자아이들에게 큰 흥분을 가져다주었다. 우리들은 하루종일 사병들이 훈련하는 모습을 보았고, 그들이 처음으로 시험삼아 사격포를 쏘았을 때 모두 멀리서 크게 환호성을 질렀다.

나는 한 번도 이슬람교도를 본 적이 없다. 수십 년간 그리스도인들이 그들과 줄곧 평화롭게 지냈다는 사실만 안다. 그런데 무엇 때문에 갑자기 다시 싸우기 시작했는지 나는 도무지 알 수 없었다.

마침내 우리가 발포했다. 포병들은 어느 이른 새벽에 갑자기 산 아래로 포를 쏘았다. 우리는 깊이 잠자던 중에 대포 소리 때문에 시끄러워 잠에서 깼다. 울림 때문에 창문까지 부서질 뻔했다. 어머니는 곧장 우리들을 한곳으로 불러모아 책상 아래에 숨도록 했다.

이틀이 지난 후, 상대 진영이 반격해왔다. 포탄이 우리 마을 곳곳에 띄엄띄엄 떨어졌지만 포병 기지는 거의 피해가 없었다. 그러나 우리의 좋은 날들은 사라지고 말았다. 대포 소리가 들리자마자 우리들은 바로 숨을 곳을 찾아야 했다.

어느 날 밤, 이슬람교도의 포탄이 초원 위 포병 기지에 아주 정확하게 떨어졌다. 우리 포병들이 손쓸 틈도 없이 한 시간 안에 거의 모든 것이 파괴돼버렸다. 병사들은 대포를 잃어버려 철수할 수밖에 없었다. 대포뿐만 아니라, 차 한 대도 없게 되어 모든 병사들이 걸어서 하산해야 했다.

부대장이 한 부상병을 데리고 우리집에 왔다. 이 불쌍한 아저씨는 눈이 멀고 다리도 부러졌다. 그는 낮게 신음할 뿐이었지만 우리는 그가 얼마나 고통스러울지 상상할 수 있었다. 부대에는 고통을 줄여줄 어떤 약도 없었던 듯했다. 부대장은 우리 엄마에게 이 청년을 돌봐달라고 부탁하면서 상황이 나아지면 바로 돌아와 그를 병원으로 데리고 가겠다고 했다. 병사들이 들것으로 그를 들어서 우리집으로 데려왔고, 어머니는 곧장 그를 맡겠다고 대답했다. 우리와 함께 지내면서 뭘 먹든지 같이 먹고 절대 푸대접하지 않겠다고도 약속했다.

청년의 동료들이 근심 가득한 얼굴로 작별인사를 하며 떠나기 전에 권총 한 자루를 주었다. 그는 권총을 받아 베개 밑에 두었다.

부대는 철수했지만 우리는 여전히 대포 소리를 들었다. 우리들은 이미 많은 경험을 한 터라, 대포를 쏘는 곳이 얼마나 멀리 있는지 대충 알 수 있었다. 적들은 우리와 점점 가까워지고 있었다.

어머니는 청년에게 이름과 집주소를 물었다. 어떻게 해서든지 가족에게 그의 생존 소식을 알리고 싶었기 때문이었을 것이다. 하지만 어찌된 일인지 그는 우리에게 알려주려 하지 않았다. 어차피 이 전쟁통에 실종된 사람들이 매우 많으니 가족도 그를 실종된 셈 치면 될 거라는 말만 했다.

어머니는 그 말을 듣고 몰래 흐느껴 울었다. 청년은 우리 아버지도 실종된 것을 몰랐다.

어느새 봄이 되었다. 초원에는 라일락이 피었다. 집에서도 라일락 꽃향기를 맡을 수 있었다.

날씨가 아주 좋고 하늘이 유난히 파란 어느 날이었다. 청년이 바깥 날씨가 아주 좋은지 묻기에 우리는 그렇다고 했다. 그러자 자신을 초원으로 데려가달라고 간절히 부탁했다. 그날은 대포 소리도 들리지 않았다. 아이들 몇몇이 우르르 달라붙어 그를 들고 나갔다. 그가 라일락꽃이 피었냐고 다시 묻기에 우리는 그렇다고 대답했다. 그러자 자신을 라일락나무 아래에 놓고 라일락꽃을 한 다발 가득 꺾어달라고 했다.

그러고서 청년은 아이들에게 초원에 가서 놀라고 했다. 다만 대포 근처에는 가지 말라고 했다. 포가 발사될 수도 있었기 때문이다. 그는 라일락꽃 아래에서 한숨 잘 거라고 말했다.

나와 형은 우리집 목양견을 데리고 초원에서 쫓아다니며 놀았다. 그러다 별안간 한 발의 총성이 들려 우리는 재빨리 뛰어서 돌아갔다. 청년의 총이 바닥에 떨어져 있었다. 우리가 꺾어준 꽃도 바닥에 산산이 흩어져 있었다.

빨리 그를 묻어주어야 한다고 어머니가 말했다. 하지만 우리는 관을 구할 수 없었다. 어머니는 사람들을 여럿 동원해서 직사각형 모양의 무덤 구덩이를 팠다. 그런 뒤 침대보로 청년의 시신을 감싸고 담요를 준비했다. 그를 진흙 구덩이 안에 넣은 후에 담요로 덮어줄 채비를 했다. 이렇게 해야 입에 진흙이 들어가지 않는다고 어머니는 말했다.

어린아이들의 힘으로 구덩이를 팠기 때문에 다 팠을 때는 이미 해가 저물었다. 마을의 나이 많은 신부님이 도착하셨고 사람을 시켜서 성당의 종을 울리게 했다.

전쟁이 터진 후로 성당의 종이 울린 건 이번이 처음이었다.

우리가 들것을 내려놓으려고 할 때 이슬람교도 병사들이 나타났다. 그들은 살며시 마을로 들어와 조심스럽게 앞으로 나아갔다. 우리가 관을 쓰지 않고 매장하는 모습을 보자 그들은 놀란 표정을 드러냈다. 그중 장교 한 명이 물었다. "이슬람교도인가?"

이슬람교도들은 관을 쓰지 않는다는 사실을 나중에서야 알게 되었다. 죽은 사람이 자연으로 빨리 돌아가라는 의미로 시체를 천으로만 감싸서 묻는다고 했다.

우리는 관이 없어서 이렇게 할 수밖에 없었다고 장교에게 말했다. 장교는 작은 목소리로 혼잣말을 했다. "죽음이 우리를 모두 같게 만들 줄은 몰랐군." 그는 부하들에게 모자를 벗고 옆에서 장례식을 참관하게 했다. 몇몇 남자아이들이 흙을 덮는 일을 맡았는데, 아이들이라 속도가 느려서 끝내 몇몇 이슬람교도 병사들의 도움으로 흙을 덮고 돌아왔다.

이 모든 게 이 주 전에 발생한 일이다. 청년의 무덤은 촉촉한 봄비를 맞아 풀이 가득 자랐다. 라일락꽃이 지면 새로 만들어진 이청년의 무덤 위로 떨어질 것이다. 우리는 무덤에 어떠한 표시도하지 않았다. 오직 우리만 이곳에 이름 모를 청년이 묻혀 있다는것을 안다.

이슬람교도 병사들이 떠난 후 마을에서는 더이상 대포 소리가들리지 않았다. 수업을 듣고 밭일을 거드는 아이들의 생활 또한예전처럼 돌아갔다. 초원에서 서로를 마음껏 쫓아다니며 장난치고 놀았다. 하지만 나는 남자아이들이 모두 똑같은 생각을 가지고있다고 믿는다. 언젠가는 어떤 어른들이 와서 우리들을 전쟁터에보낼 것임을, 그리고 우리들 모두 아마도 영원히 돌아오지 못할것임을.

작은 소망이 있다면, 이 나라 곳곳에 라일락나무가 가득 심기기를 바란다. 만약 내가 돌아가지 못한다면 큰 라일락나무 아래에 묻히고 싶다. 봄이 왔을 때 연보라색 라일락꽃이 내 몸에 흩뿌려 질 수 있게.

1994년 5월 24일 연합보 문예칼럼

나는 검은바람까마귀를 좋아한다

요즘 제일 좋아하는 새는 '검은바람까마귀'다. 모양이나 생김새가 사람의 시선을 끌지 못하는 검은 새로, 참새보다 크지만 다른 까마귀보다는 작고 온몸이 아주 까맣다. 체형이 다른 까마귀보다 작다는 것만 제외하면 그 외 부분은 모두 까마귀와 같다.

오 년 전인가보다. 하루는 자전거를 타고 칭화대학교 캠퍼스에 가려고 자전거 보관소에서 나가는데, 갑자기 새 한 마리가 내 뒤로 날아가는 게 느껴졌다. 내 머리 뒤로 몇 센티미터 정도에 불과한 거리인 듯했다. 새는 내 앞에 있는 나무 위로 날아갔다. 아주 듣기 좋은 소리로 한참을 울더니 나를 향해 빠르게 돌진해왔다. 이번에는 아주 분명히 보았다. 새가 내리꽂히는 형세가 꼭 구식 전투기가 급강하해 폭탄을 투하하는 모양과 똑같았다. 새는 나를 목표로 내 머리 위까지 다다랐다가 다시 고개를 들어올리고 으스대며 날아갔다.

아주 정확히 기억한다. 이 작은 까마귀가 나를 공격한 건 대략 6월 초쯤이다. 얼마 되지 않아 학생들이 졸업했다.

대략 이 주간, 작은 까마귀 몇 마리가 유난히 칭화대학교 캠퍼스의 중심도로에서 행인들을 향해 빠른 속도로 내려와 공격했다. 심지어 한두 명은 까마귀 발톱에 걸려서 몹시 화를 냈다.

나는 이 새들이 여태껏 여성은 공격하지 않았다는 점에 주의를 기울였다. 새들은 남자아이를, 특히 어린 남자아이를 아주 싫어하는 것 같았다. 이 개구쟁이들이 나타나면 새들은 반드시 날아와서 공격했다. 정말 신기한 점은 새들이 공격하기 전에 하나같이 아주 귀여운 소리를 낸다는 것이다.

어떤 남자아이들은 몹시 지기 싫어해서 바닥에 있는 돌을 집어 던지기도 했다. 나도 한번은 열이 받아, 돌을 집어던진 적이 있었다. 길 가던 한 무리의 학생들이 내가 다시 아이로 돌아간 양 새를 향해 돌을 던지는 모습을 보고 손가락질을 하면서 대단히 재미있어했다. 당시 나는 이미 세상에서 가장 위대한 교수였다. 그후 대교수의 존엄을 지키기 위해 어쩔 수 없이 울분을 억누르고 작은 까마귀가 공격해도 반격하지 않았다.

그뒤로 매년 6월이면 까마귀들은 행인들(대부분 남성)을 공격하기 시작했다. 왜 그즈음을 선택했는지는 지금까지도 수수께끼다. 한번은 고위 관리자 한 분을 모시고 캠퍼스를 둘러볼 때였다. 이 고위 관리자는 점잖은 척 굉장히 엄숙한 표정을 짓고 있었는데, 마침 작은 까마귀가 눈치도 없이 그를 조준해서 돌진해왔다. 고위 관리자는 당황하여 웅크려앉았다. 높으신 관리는 이렇게 적절하지 못한 행동을 하면 안 되는 법이다. 우리 모두가 못 본 척했지만 그는 이미 크게 체면을 잃었다. 그리고 그후 우리는 더이상 그를 지나치게 존경할 필요가 없어졌다.

그 때문에 나는 매번 고위 관리자를 모시고 학교를 둘러볼 때마다 작은 까마귀가 공격하는 일에 맞닥뜨리기를 바랐다. 안타깝게도 그런 일은 다시 발생하지 않았다. 아마 작은 까마귀들도 고위 관리자에게 미움을 사면 칭화대학교의 경비가 삭감되고, 그러면 자신들도 캠퍼스에서 살아가지 못할 것임을 아는 모양이었다.

내가 징이대학교에 온 이후로도 각종 새들을 보았지만 검은바람까마귀는 보지 못했다.

지난날, 내가 칭화대학교 바이링탕百齡堂 건물에서 회의에 참석했을 때, 한 남자아이가 돌을 들어 까마귀에게 던지는 모습을 보고 그제야 6월이구나 하고 생각한 적도 있다. 귀여운 작은 까마귀들이 매년 이 시기에 반드시 남학생을 공격하는데, 올해도 예외가 아니었다. 바이링탕에서 그들의 귀여운 '공격전주곡'을 들을 수 있었다.

나는 밖으로 걸어나갔다. 작은 까마귀가 나를 한 번 쳐다보았지만 무덤덤했다. 한 어수룩한 남학생이 지나가자 까마귀들은 바로 그를 향해 달려들었다. 나는 그제야 생각이 났다. 작은 까마귀가 노인은 공격하지 않는다는 것을.

1994년 7월 10일 연합보 문예칼럼

부작용

마음의 병이 생긴 누군가가 병원에 가서 자신의 상황을 살펴보려 하지 않고, 심리학 교수인 나를 찾아오는 경우가 불가피하게 있다. 그런 사람들은 종종 유명인사로, 물론 심리적 문제가 있다는 사실을 다른 사람들이 알게 되길 원치 않는다. 그럴 때면 조용히 나 같은 사람을 찾아온다.

이번에 나를 찾아온 사람은 잘 알려진 기업가로, 지난날 우리 학교를 졸업할 당시 리더십이 출중한 인물로 유명했다. 몇 년 지나지 않아 그의 사업은 승승장구했다. 아주 냉정하고 좀처럼 당황하지 않으면서 판단력이 매우 정확하다는 것이 그에 대한 사람들의 평가였다. 그의 성공은 줄곧 세간의 흥미진진한 이야깃거리가 되었다. 누구나 그를 부러워했고 학생들은 내심 그처럼 자수성가해 거대한 기업 왕국을 세우고 싶어했다.

이 유명인사가 들어왔을 때, 그 불안해하는 모습이 매우 심각해 보였다. 그가 단도직입적으로 말했다. "자살하고 싶습니다." 나로서는 당연히 상상도 못했던 말이었다. 모든 사람의 선망을 받는 이 유명인사가 왜 이렇게 우울하단 말인가?

그가 자살하고 싶은 이유를 말했다. 그에게는 병이 있는데, 바로 '사람을 사랑할 수 없는' 병이라고 했다.

그런 이상한 병은 처음 들었다. 요즘 세상에 대부분의 사람들은 자신을 사랑해주는 사람이 없어서 사회가 차갑다고 불평한다. 그러나 자신이 타인을 사랑할 수 없다는 것을 인정하고 자살을 생각하는 이런 케이스는 처음 맞닥뜨렸다.

그렇게 그는 자신이 겪었던 뜻밖의 만남에 대해 들려주었다.

대학교 4학년, 그는 이미 학우들 사이에서 야망이 매우 강한 학생 중 한 명이었다. 어느 날 교내의 유명한 심리학과 교수가 그를 불러 한 비밀 실험에 참여해볼 의향이 있는지 물었다. 교수는 그에게 자신이 발명한 약을 줄 수 있다면서, 약을 복용하면 판단력이 더 좋아지고, 더 이성적이며 관찰력도 매우 예리해질 거라고 했다. 그의 학식에 이런 특별한 능력이 더해지면 장차 사업을 할 때 반드시 성공할 테고 사회적으로도 승승장구하게 될 것이라고도 했다.

그는 그 약에 관심이 갔지만 어떠한 약이라도 부작용이 있으리라는 점을 알고 있었다. 그래서 즉시 교수에게 부작용이 없는지 물었다. 약은 다섯 알만 먹으면 충분하고 생리적인 부작용은 거의 없다고 교수는 말했다. 다만 한 가지, 약을 복용하고 나면 사람을 사랑하는 능력을 잃을 수 있다고 했다.

나의 환자는 사람을 사랑할 수 없다는 데 그다지 개의치 않았다. 큰 문제가 될 것 같지 않다고 여겼다. 그는 교수에게 사랑을 받는 능력은 계속 남아 있을지 물었다. 여전히 다른 사람의 사랑을 느낄 수 있고, 단지 사람을 사랑하지 못하는 것뿐이라고 교수는 대답했다.

그는 이 약을 시험해볼 가치가 있다고 느꼈다. 사회적으로 성공한 사람들이 다들 매우 열심히 노력했을 뿐만 아니라, 그들의 관찰력이 특별히 예리하고 판단력도 대단히 정확했음을 알고 있었기 때문이다. 그는 사회에서 남보다 뛰어나고 싶다는 일념으로, 약을 복용한 후 사람을 사랑할 수 없게 되더라도 어쨌든 여전히 사랑을 느낄 수 있다기에 약을 먹겠다고 했다.

교수는 대단히 신중했다. 그에게 약의 부작용에 대해서 이해했는지 재차 물었다. 그는 이해했다고 말했다. 게다가 그 위험을 감수하겠다고 했다. 그래서 교수는 그에게 다섯 알의 약을 주었다. 그는 지시에 따라 오 일 동안 그 다섯 알의 약을 먹었다.

약은 효과가 매우 좋았다. 그가 사회에 진출하고 난 후에 사람들은 다들 그의 관찰력과 판단력을 칭찬했다. 그의 결정은 십중팔구 정확했다. 어쩌면 그의 사업이 나날이 번창하는 건 당연한 일이었다. 아무도 그와 비교할 수 없었다.

하지만 결국엔 약의 부작용이 매우 무섭다는 것을 알게 되었다. 대단히 냉정한 사람으로 변했기 때문에 어느 누구도 동정하지 못했을 뿐만 아니라, 그 누구에게도 어떠한 감정을 갖지 못했다. 그의 어머니가 돌아가셔서 그의 남동생이 너무나 큰 슬픔에 빠진 것을 보면서도 그는 어떠한 감정도 느끼지 못했다. 아내와 아이도 그가 자신들에게 느끼는 감정이라고 말할 만한 것이 조금도 없음을 알고 있었다. 부하직원들은 그가 세상에서 가장 냉정한 사람이라고 생각했다.

그는 세상에서 가장 큰 기쁨을 잃었다는 사실을 깨닫기 시작했다. 그의 이성이 말해주고 있었다. 지불한 것이 얻은 것보다 더 의미가 있었다고. 그는 냉정한 눈으로, 사회에서 진정으로 행복한 사람은 모두 타인에 대한 사랑으로 충만한 사람임을 보았다. 그런 사람들은 사업상에선 그와 비교할 수 없었지만, 다른 사람에게 관심을 가지고 배려하기 때문에 평온 가득한 마음으로 매우 행복하게 지냈다. 그도 그럴 수 있기를 바랐지만 약효가 너무 강했던지 줄곧 해낼 수가 없었다.

다른 사람의 사랑을 느낄 수 있었지만, 그가 다른 사람을 사랑하지 않았기 때문에 아무도 그를 사랑하지 않게 되었다. 가장 안타까운 건 그에게 약을 준 교수가 이미 세상을 떠났다는 사실이었다. 해독제를 얻을 수 있는지 물어볼 사람이 없었다. 그는 내가 그 교수에게 직접 배운 제자이며 이미 이름난 교수임을 알고 어쩔 수 없이 나를 찾아왔다. 그는 내가 해독제를 구해주기를 바랐다.

정말 기이한 일이었다. 여태껏 그런 약에 대해 들어본 적이 없기 때문에 본래 바로 거절하려 했다. 그러나 그가 끊임없이 요구하는 통에 마지못해 시도해보겠다고 대답했다. 나는 컴퓨터로 대대적인 문헌 검색을 했고 지금까지 그런 약에 대해 언급한 사람이 없다는 사실을 알아냈다. 내 기억을 더듬어봐도 유명한 은사님이 내게 그런 비밀 실험을 언급한 적은 없었다. 사람의 사랑을 약물로 제어할 수 있다는 것은 더더욱 들어본 적이 없었다.

다행히도 나는 한 가지 일을 생각해냈다. 교수님께서 세상을 떠난 이후 학교측은 존경을 표하기 위해 아내분께 그의 모든 작업일지의 기증을 부탁한 적이 있었다. 그래서 나는 그의 일지를 보존한 특별실에 들어갈 수 있도록 도서관에 부탁했다. 일지가 날짜순으로 배열되어 있는 것을 발견하고, 그 환자가 우리 학교를 졸업한 연도를 계산해서 한 페이지씩 보았다. 그리고 마침내 이 비밀 실험의 상세한 기록을 찾아냈다.

내게 그 실험은 확실히 의미가 있었다. 나는 기록을 본 후 해독제를 만들었다.

환자가 다시 찾아왔다. 나는 그에게 이 일이 어떻게 된 영문인지 확실히 파악했다고 말했다. 그리고 바로 증상에 맞게 약을 처방했다. 처방약을 먹고 난 후 사람을 사랑하는 인류의 본능을 바로 회복할 수 있을 거라고 나는 말했다. 하지만 이 약물 또한 부작용이 있으니 약을 먹고 난 후 판단력이 예전처럼 정확하지 않을 수 있고, 관찰력 또한 더이상 예리하지 않을 수 있다고 했다. 만약 그의 사업이 이로 인해 내리막길을 걷는다고 해도 나를 탓해서는 안 된다고 했다.

환자는 자신의 사업에 대해 조금도 마음을 두지 않았다. 단지 사람을 사랑하는 마음을 가득 채울 수 있고, 사람을 사랑하는 기쁨을 누릴 수 있기만을 원했다.

나는 다시 그에게 정말로 사심 없이 사람을 사랑하려고 하는 건지 물었다. 그는 재차 확실히 그렇다고 대답했다. 그래서 나는 알약 다섯 개를 작은 병에 담아 그에게 주었다. 그는 감사하다는 인사를 하고 서둘러 떠났다.

삼 개월 후, 환자가 돌아왔다. 완전히 다른 사람이 되어 있었다. 이미 다른 사람에게 관심을 가지고 배려하는 데서 오는 마음의 평안을 느꼈다고 그는 말했다. 그러면서 한 부하직원의 아내에게 암이 발병한 것을 알았다고도 했다. 과거에는 그런 소식에 완전히 무관심했지만 이번에는 적극적으로 관심을 드러낸 것이다. 그럼에도 직원의 아내는 세상을 떠났지만, 그는 처음부터 끝까지 모든 사람의 고통을 함께 나누었고, 또한 죽음에 대해서도 한층 더 깊이 이해할 수 있었다고 했다.

또다른 부하직원은 중학생 아들이 하나 있는데, 수입이 많지 않아서 아들에게 좋은 가정교사를 붙여줄 수 없었다. 그는 적극적으로 나서서 그 중학생을 돕길 원한다고 했다. 그후 그 아이의 시험 성적은 과연 크게 올라 그를 매우 기쁘게 했다.

또한 그는 자신의 사업이 여전히 영향을 받지 않는 것 같다고 덧붙였다.

환자는 감사인사를 한 후 마지막으로 역시 내가 가장 대답하고 싶지 않은 질문을 했다. 대체 무슨 약을 처방해준 것인가? 왜 여태껏 사람의 사랑을 좌우할 수 있는 약물에 대해 이야기한 사람이 한 명도 없었는가?

나는 사실을 말할 수밖에 없었다. 그에게 준 건 비타민이었다. 내 은사님 역시 그에게 비타민을 주었다. 작업일지에 분명히 적혀 있었다. 사람들은 자유의지를 가지고 있다. 착한 일을 하거나 악행을 저지르는 것은 모두 자기 자신의 마음에 달려 있다. 만약 좋은 사람이 되고자 결심했다면 좋은 사람이 될 수 있고, 냉혹하고 무자비한 사람이 되고자 했다면 다른 사람을 탓해서는 안 될 일이다. 내 환자는 젊었을 때 성공만을 바랐고, 설령 남을 사랑할 수 없다고 해도 전혀 아쉬워하지 않았다. 은사님은 단지 그의 바람을 이루게 해주었을 뿐이다. 이번에는 그가 남을 사랑하기로 이미 결심을 굳혔고, 나는 단지 마음의 비타민을 주었을 뿐이다.

우리는 히틀러가 많은 악행을 저질렀다는 사실을 알고 있다. 하지만 특정한 약물을 복용하고서 그런 행동을 했다고는 들어본 적 없다. 또한 히틀러가 유태인을 학살하려 했을 때 많은 독일인들이 자신의 목숨을 희생하면서 유태인을 구했는데, 그들 역시 약물에 조종당하지 않았다는 것을 우리는 더욱 잘 알고 있다.

사람만이 자유의지를 가지고 있다. 그리고 아마도 자신의 운명은 통제할 수 없을 것이다. 그러나 결심만 한다면 자신의 행위는 통제할 수 있다. 우리 모두는 그 모든 행동에 대해 마땅히 책임을 져야 한다.

환자는 가볍게 감사인사를 했다. 그러고는 내게 줄 선물이 있다고 말했다. 선물을 열어보니 그것은 내가 그에게 준 비타민 다섯 알이었다. 더 예쁜 병에 바뀌어 담겨 있었다. 그는 분명 한 알도 먹지 않았다.

나는 매우 당황했다. 제 꾀에 속아넘어가다니, 이번엔 내가 그에게 속았다.

환자가 말하길, 이번에는 대단히 신중했다고 한다. 약을 가지고 약학과 교수를 찾아갔다. 그 교수는 한눈에 그 약이 가장 저렴한 비타민임을 알아차렸다.

환자는 지혜로운 사람이었기에 마침내 깨닫게 되었다. 과거 자신이 자진해 야망의 노예가 되었으니, 이제 스스로를 강렬한 야망에서 벗어나게 한다면 자유로운 삶을 회복하게 되리라는 점을.

소수의 사람만이 안다. 사람이 느낄 수 있는 가장 큰 기쁨은 주는 것에서 오며 받는 것에서 오는 게 아님을. 내 환자는 뒤늦게 이 도리를 깨달았지만, 똑똑한 사람이어서 오히려 더 철저히 깨우치게 되었다.

　나는 그의 멋진 자동차 재규어가 아래층에 주차되어 있는 것을 보았다. 지난번에 올 때는 기사가 운전했는데 이번에는 그가 직접했다. 저녁에는 운전기사도 쉬어야 한다는 걸 이제 그도 아는 것 같았다.

1994년 7월 28일 연합보 문예칼럼

저는 여덟 살입니다

저는 르완다에 사는 아이인데요, 여덟 살이고요.

르완다는 돈이 많은 나라가 아니래요. 하지만 저는 운이 좋아 줄곧 즐겁게 지내고 있습니다. 아빠는 초등학교 선생님이세요. 저는 아빠가 가르치는 초등학교에서 공부를 합니다. 학교가 끝난 뒤에는 친구들 모두 집 근처 들밭에서 놉니다. 집 근처에는 숲도 있고, 강도 있습니다. 저는 다섯 살 때쯤부터 수영을 하기 시작했어요. 제 친구들 중에서 수영을 가장 잘하고 달리기도 가장 빨라요.

저는 시골에 살아요. 그래서 동물들을 많이 볼 수 있어요. 제가 가장 즐겨 보는 건 독수리예요. 독수리들이 하늘을 나는 모습은 정말 우아하거든요. 하지만 저는 독수리를 무서워합니다. 왜냐하면 독수리들이 종종 사납게 내려와 작은 동물을 잡아가니까요. 작은 살쾡이 한 마리가 큰 독수리에게 산 채로 잡혀간 적도 있어요.

하루는 엄마에게 여쭤봤어요. "엄마, 큰 독수리는 아이도 잡아갈 수 있나요?" 엄마가 말씀하시길, "꼬맹아, 아이들 옆엔 항상 어른들이 있잖니. 아이들은 감히 못 잡아간단다. 어른들이 항상 아이들을 지킨다는 걸 독수리도 알거든."

저는 이해하게 되었습니다. 집에서 멀리 떨어진 곳으로는 영영 못 갈 듯해요. 독수리한테 잡혀갈까봐 겁이 나서요.

올해부터 저는 신문을 읽기 시작했습니다. 신문에서 유명한 사람들의 사진을 보며, 언젠가는 내 사진도 신문에 실리면 얼마나 좋을까 늘 생각했습니다. 친척과 친구들이 모두 저보고 예쁘장하다고들 하는데, 언젠가 저도 마이클 잭슨처럼 유명해져서 신문에 자주 사진이 실릴지도 모르죠.

삼 주 전, 갑자기 우리 대통령이 살해당했다고 아빠가 말씀하셨어요. 아빠는 사태가 심각하다고 여기는 것 같았어요. 속셈이 있는 정치꾼이 이 기회를 틈타서 이용하면 상황이 안 좋게 흐를 수 있기 때문이래요.

하루는 아빠가 저녁식사를 하면서 엄마와 제게 말씀하셨어요. 르완다에 언제라도 내란이 생길 수 있으니 혹시라도 그럴 경우 우리는 재빨리 르완다를 떠나서 자이르*로 가야 한다고요. 아빠는

---

* '콩고민주공화국'의 전 이름.

엄마에게 피난 갈 때 가져갈 옷과 물품들을 준비해놓으라고 말씀하셨어요.

바로 그날 밤, 어디서 왔는지 모를 한 무리의 군인들이 저희 마을에 쳐들어왔습니다. 저는 자고 있어서 아무것도 몰랐다가 다음날 아침에야 비로소 마을의 모든 남자들이 구타당해 죽었다는 사실을 알았습니다. 아빠도 예외가 아니었어요.

엄마는 놀랍게도 마지막 힘을 다해 아빠를 묻어주었습니다. 그날 오후부터 엄마와 저는 떠돌아다니기 시작했어요. 지금 와서 생각해보면, 평소 엄마는 연약한 분이셨는데 그때는 갑자기 매우 강해 보였습니다. 저를 안전한 지역까지 데려가야만 하셨기 때문일 거예요. 엄마는 길에서 제게 신신당부하셨습니다. 어떤 사람들이 우리를 매우 증오하고 있다고요. 그러니 만약 나쁜 사람이 다가오는 걸 발견하면, 반드시 죽을힘을 다해서 달아나야 한다고 말입니다. 엄마는 도망가기엔 힘이 부칠지도 모르지만 저는 어린아이라 재빨리 움직일 수 있을 거라고요. 엄마는 또한 나쁜 사람이 찾아낼 수 없도록 나무와 큰 바위를 찾아 들키지 않게 숨으라고 여러 번 당부했어요.

유랑 둘째 날에 나쁜 사람이 나타났습니다. 엄마는 저에게 빨리 도망가라고 시키고는 정작 엄마는 도망가지 않았습니다. 저는 큰 나무를 발견하고 그 뒤에 숨었지만, 나쁜 사람들이 사람을 죽이는 모든 과정을 봤습니다. 엄마도 그때 돌아가셨어요. 그 군인들은 지난번과는 다르게 한 사람도 남겨두지 않았습니다. 지난번에는 남자만 죽였는데, 이번에는 한 사람도 도망갈 수 없었습니다.

군인들이 모두 지나가고 난 후에 저는 가까스로 되돌아가 엄마를 보았습니다. 엄마가 돌아가신 모습을 보고 크게 울기 시작했습니다. 날이 곧 어두워지려고 하는데 어떻게 하면 좋지? 나는 여덟 살인데!

다행히 어느 큰 형도 살아남았습니다. 제 생각에는 열몇 살 정도 된 것 같았어요. 키도 크고 튼튼해 보이는 형이었습니다. 그 형도 숨어 있었던 게 분명합니다. 형은 제가 너무 안타까워 보였는지 저를 끌고 가면서, 빨리 여기를 떠나 또다른 피난 무리를 찾아야 한다고, 따로 떨어지면 안 된다고 말했습니다.

저와 형은 서로 의지하며 목숨을 부지했어요. 피난 가는 무리도 찾았고, 양이 아주 적긴 했지만 구호단체가 주는 음식도 여러 번 먹었습니다. 정말 전부 형 덕분에 음식을 손에 넣을 수 있었어요. 만약 형이 아니었다면 저는 일찌감치 굶어죽었을지도 몰라요. 어린아이가 음식을 구하기란 정말 힘들기 때문이죠.

그럼에도 우리 중 대다수가 거의 먹지 못했기 때문에 저와 형도 갈수록 말라갔습니다. 형도 더이상 튼튼한 모습이 아니었어요. 하루는 형이 강가에 물을 마시러 간다기에 저는 참는 것이 좋겠다고 말했습니다. 왜냐하면 강에는 시체들이 있으니까요. 하지만 형은 도저히 갈증을 참을 수 없으니 위험을 무릅쓰고 가겠다고 말했습니다.

그날 형은 심하게 토하기 시작했습니다. 게다가 걸을 수도 없을 정도로 허약해졌습니다. 형은 쉬어야겠다고 말하면서 제게는 자기를 신경쓰지 말고 다른 어른들과 함께 계속해서 피난을 가라고 했어요. 저는 이번에는 절대 그러지 않겠다고, 꼭 형을 데리고 가겠다고 했어요. 하지만 형은 점점 저와 다툴 힘조차 없어져갔습니다. 살며시 형의 이마를 짚어보았는데 열이 펄펄 끓었습니다.

형이 정신없이 깊은 잠에 빠진 후에 저도 잠들었습니다. 깨어났을 때는 형이 이미 영원히 제 곁을 떠났다는 것을 알았습니다.

저는 형과 작별한 뒤 큰길로 돌아왔습니다. 무슨 이유에선지 그 이후로 유랑하는 난민을 본 적이 없어요. 제게는 빵 한 조각밖에 없었고, 이틀 동안 그 빵 한 조각만 먹었습니다. 저는 이미 점점 걸을 수 없게 되었지요.

바로 그때, 저를 쫓아오고 있는 큰 독수리를 발견했습니다. 독수리는 원래 하늘 높이 날지만, 갈수록 걸음이 느려지는 저를 발견하고 아예 땅으로 내려왔습니다. 제가 가면 독수리도 가고, 제가 멈추면 독수리도 멈췄어요.

어떤 피난 행렬도 보지 못했지만 지프차 한 대가 오는 건 보았습니다. 제 목숨을 구해주리라는 생각이 들어 너무 기뻤어요. 그러나 지프차는 멈추지 않았고 제 마음은 말로 표현할 수 없을 정도로 고통스러웠습니다.

그런데 지프차가 갑자기 멈추더니 한 사람이 내렸습니다. 저는 또 희망을 느꼈습니다. 하지만 저를 구하기 위해 내린 게 아니었어요. 그 사람은 망원렌즈가 달린 카메라로 저를 보더니 사진을 찍었습니다. 그때 그 큰 독수리가 제 근처에 앉았습니다. 사진을 다 찍은 후에 지프차는 또 가버렸습니다.

저는 그제야 그 사람이 분명 기자일 거라는 생각이 들었어요. 기자는 급히 돌아가서 전 세계의 신문에 이 사진이 실리게 할 것이고, 독수리는 어린아이가 죽길 기다리겠죠.* 다음날 아침, 여러분이 풍성한 아침을 먹을 때 신문에서 제 사진을 보게 될 겁니다. 제가 신문에 실리고 싶어했잖아요? 이번에 정말로 제 소원이 이루어졌답니다.

여러분이 본 앙상하게 마른 아이는 더이상 움직일 수 없습니다. 하지만 과거에는 즐겁고 예쁘장하며 건강한 남자아이였습니다. 부모님이 언제나 곁에서 독수리가 감히 근처에 오지 못하도록 지켜준 아이였습니다. 온몸에 기력이 가득차서 매일 강가에서 수영하던 아이였습니다.

지금 제게 단 한 가지 소원이 있다면, 독수리가 저를 쪼아댈 때

---

* 리자퉁은 사진작가 케빈 카터(Kevin Carter, 1960~1994)가 찍은 '독수리와 어린 소녀(The Vulture and the Little Girl)'라는 사진에 영감을 얻어 이 글을 썼다. 케빈 카터는 이 사진으로 1994년 퓰리처상을 수상하지만 보도윤리에 대한 거센 논란으로 스스로 목숨을 끊었다.

고통을 느낄 수 없기를 바랄 뿐입니다.

1994년 8월 5일 연합보 문예칼럼

열쇠

내가 일하는 회사는 공익사업에 힘쓰고 있음을 보여주기 위해 많은 금액은 아니지만 종종 자선단체에 기부를 한다. 사장님은 항상 그전에 먼저 자선단체에 사람을 보내 살펴보게 한다. 이번에는 한 양로원에 기부할지를 고려하고 있어서 회사측 책임자인 내가 파견되어 양로원을 살펴보게 되었다.

시골에 있는 양로원은 한눈에 보기에도 잘 운영되는 듯했다. 양로원에서 생활하고 있는 노인들은 모두 돌봐줄 가족이 없는 가난한 분들이었다. 당연히 노인들은 어떠한 비용도 내지 않는다. 양로원의 지출은 사회 공익에 열정적인 인사들의 기부와 많은 자원봉사자들의 도움으로 모두 충당된다.

내가 여기저기 둘러보고 있을 때, 어르신의 식사를 돕던 한 중

년 남자가 갑자기 나를 불렀다. "리자퉁." 낯이 익었지만 도무지 누군지 생각나지 않았다. 중년 남자는 어리둥절해하는 내 표정을 보고는 아예 자기소개를 했다. "못 알아볼 거라 예상했어. 나 메이간차이梅乾菜, '샤오장'이네."

바로 생각이 났다. 샤오장은 대학 동기였다. 온종일 아주 쾌활하던 녀석. 먹는 걸 좋아하고, 특히 '메이간차이 돼지고기볶음'* 요리를 좋아했다. 그래서 우리는 그 친구에게 '메이간차이 샤오장'이라는 별명을 지어주었다. 그는 이 별명을 싫어하는 기색이 조금도 없었는데, 본인 생각에는 그 별명이 재밌었던 모양이다.

샤오장은 사람을 놀라게 하는 말재주 같은 것은 없는, 지극히 평범한 친구였다. 남들과 유일하게 다른 점이라면 가난한 사람을 위해 봉사하는 일을 대단히 좋아한다는 것이었다. 그는 대학 3학년 때 이후로 학교 밖에서 살았다. 한번은 느닷없이 자신이 사는 곳에 부랑자를 머물게 한 적도 있다. 원래는 그가 부랑자의 거처로 가서 돌봐주었는데, 부랑자가 병에 걸리자 샤오장은 자신이 사는 곳으로 데려와 매일 먹을 것을 챙겨주었다. 하지만 병세는 갈수록 더 심해졌고 샤오장은 어쩔 줄 몰라했다. 우리 몇 사람이 마

---

* 씀바귀나물인 메이간차이를 말린 후 고기와 함께 볶으면 맛과 향이 살아난다고 한다.

침내 부랑자를 맡아주겠다는 병원을 찾아냈지만, 부랑자는 결국 병원에서 숨을 거두었다.

샤오장이 가난한 사람을 돕는 건 신앙 때문이었다. 이상한 점은 전도를 하지 않는다는 것인데, 최소한 우리들에게만큼은 전도한 적이 없었다. 하지만 우리는 그가 어떤 종교를 가지고 있는지 알고 있었다. 샤오장은 대학원에서 공부했고, 병역을 마친 후 한 전자회사에서 일하다가, 삼 년 뒤 자취를 감추었다. 누구도 샤오장이 어디로 갔는지 알지 못했다. 나는 한때 그가 인도에 갔다는 정도만 알고 있었다. 그가 사라지고 십여 년이 흘렀다.

다시 만난 샤오장은 몹시 낡은 옷을 입고 양말도 없이 싸구려 슬리퍼만 신고 있었다. 그는 나를 보고서 몹시 기뻐했으나, 반드시 일을 다 끝내고 나서야 이야기를 나눌 수 있다고 했다.

모든 노인분들이 식사를 마치고서야 샤오장도 밥을 먹었다. 나는 노인분들이 남긴 밥과 반찬을 먹는 샤오장을 주의깊게 바라보며 이상하다는 생각이 들었다. 양로원의 담당자가 내게 다가와 설명했다. "리 선생님, 장 수사님이 몸담은 수도회는 정말 특별합니다. 그곳 분들은 아무래도 어르신들이 드시고 남은 음식만 드시는 것 같아요. 장 수사님은 남겨진 음식을 많이 드세요. 드시는 걸 좋아하시는 듯해 몇 번이나 음식을 잘 준비해드려도 모두 거절하십니다. 섣달그믐날 밤에 먹는 저녁식사, 그 한 끼만 저희 모두와 함께 드신답니다. 일 년에 단 한 번 마음껏 드시는 모습을 보니, 평소 남겨진 음식만 드실 때면 우리들 모두 마음이 매우 괴롭답니다. 하지만 방법이 없어요." 나는 예전에 샤오장이 잘 먹던 모습이 기억났다. 정말이지 먹다 남은 음식들이 샤오장 몫이라는 사실이 믿기 힘들었다.

샤오장은 마침내 일을 끝내고 양로원을 떠날 수 있었다. 오랜만에 그를 만나 벅찼다. 커피숍에 가서 이야기를 나누려 했으나 샤오장의 차림새로는 어느 커피숍에 가야 할지 난감했다.

샤오장은 몹시 곤란해하는 나를 보고 바로 방법을 떠올렸다. 그가 사는 곳으로 가서 한바탕 이런저런 이야기를 나누자고 했다.

샤오장은 타이베이에서 아주 낙후한 곳에 살고 있었다. 열쇠로 문을 열지 않는 모습을 보니 문에는 아예 자물쇠를 채우지 않은 것이 분명했다. 샤오장이 말하길, 그의 수도회에는 한 가지 규칙이 있는데 수사들이 사는 곳에는 절대 자물쇠를 설치하지 않는다고 했다. 아무것도 가진 것이 없음을 보여주기 위해서라고 했다. 나는 샤오장이 사는 곳을 보자마자 놀라지 않을 수 없었다. 현대화 기기라고는 작은 라디오 하나와 소형 난로 하나뿐. 전구 하나가 천장에 매달려 있었고, TV, 선풍기, 냉장고, 탁자와 의자조차 없었다. 바닥에는 이불과 베개가 있는 걸 보니 얼어죽지는 않을 듯했다. 화장실 시설도 더할 수 없이 간소했다.

방안에 있는 기도책 몇 권은 모두 땅바닥에 놓여 있었다.

샤오장은 누군가가 집안에 들어와 물건을 훔쳐간 적은 한 번도 없었다고 했다. 오히려 사람들이 무언가를 보내오는데, 오늘만 하더라도 누군가가 먹을거리 한 보따리를 가져다주었다고 했다. 열어 보니 샌드위치를 만들 때 자른 식빵 껍질이었다. 수사들은 제대로 된 빵을 먹을 수 없다. 하지만 빵가게에서는 많은 양의 식빵 껍질을 잘라내어 샌드위치를 만들어야 했다. 샤오장과 그들은 간단한 약속을 했는데, 전적으로 이러한 식빵 껍질만 먹기로 한 것이었다. 십여 년째 샤오장은 어떤 온전한 빵을 한 조각도 먹어본 적이 없다.

그에게 왜 이런 고생을 견디고 있는지 물었다. 예전에는 가난한 사람들에게 봉사하러 갔지만, 항상 위에서 아래로 베푼다는 생각에 그들과 좀처럼 어울릴 수 없었다고 샤오장은 말했다. 그러다 인도에 머무를 때 다행히 이 수도회를 발견했다. 그들은 단지 가난한 사람을 위해 봉사하는 데 그치지 않고 스스로도 가난한 사람이 되어야 했다. 이 수도회에 함께하면서 샤오장의 봉사활동은 매우 순조로워졌다. 예전에는 곤궁한 어르신들을 목욕시킬 때 항상 자연스럽지 못하다고 느꼈는데, 지금은 그런 느낌이 완전히 없어졌다고 했다.

나는 참지 못하고 메이간차이 돼지고기볶음을 정말 먹고 싶지 않느냐고 물었다. 그는 그 요리를 생각할 뿐만 아니라 종종 먹는 꿈까지 꾸는데, 깨고 나면 부끄럽기 그지없다고 말했다. 그러나 그 때문에 자신의 '고생'이 비로소 의미가 있다고, 만일 인간의 감정과 욕망이 사라진다면 희생이라 말할 수 없을 것이라고 했다.

그는 이어서 내가 이해할 수 없는 도리들에 대해 말했다. 마치 이 세상의 모든 사람들이 지은 죄를 대신해서 그가 속죄하는 듯했다. 나쁜 일을 하는 사람이 많아질수록 그가 더욱더 고생을 해야만 한다는 것이다. 솔직히 말하자면, 어떤 원칙으로 어떻게 돌아가는 일인지 나도 잘 이해가 되지는 않았다. 다만, 그의 모든 행동은 종교에 바탕을 두고 있고, 늘어난 인류의 악행이 그 자신의 희생으로 어느 정도 상쇄된다고 확신하는 것이라고 나는 이해했다.

샤오장은 예전에 산간지대에서 꼬박 일 년을 살았다고 했다. 피부가 검게 변하고 체격이 더 단단해진 이유가 바로 그 때문이었다. 일 년 동안 그의 모습은 더욱더 가난뱅이 같아졌다. 하지만 그는 이처럼 매우 솔직하게 말하기도 했다. 애초에 가난하게 태어나지 않았기 때문에 가끔은 돈 있는 사람들처럼 생각하게 된다고 말이다. 가령 테니스 코트를 지날 때면 들어가서 통쾌하게 한 게임 치고 싶지만, 그에겐 양말도 운동화도 없고 더욱이 라켓조차 없다. 또한 스스로를 가난한 사람이라고 거듭 일깨워야 했기 때문에 줄곧 테니스를 쳐본 적은 없었다.

샤오장은 한 가지 일을 더 말해주었다. 실은 지난 십여 년 사이에 메이간차이 돼지고기볶음을 딱 두 점 먹은 적이 있다고 말이다. 앉은자리에서 밥 세 공기를 해치우고 메이간차이 돼지고기볶음을 먹은 날을 영원히 잊지 못한다고 했다. 나는 그런 샤오장을 보며, 변한 것이 없이 여전히 히히거리며 웃는 유쾌한 녀석이라는 걸 알았다. 그는 친구들이 자신을 불쌍히 여길까봐 연락하기가 꺼려졌다고 말했다. 하지만 매일 밤 우리를 위해 꼭 기도한다고 했다. 그러면서 내 근황을 묻고는 사업이 괜찮다는 것을 알고 진심으로 기뻐해주었다. 대화의 처음부터 끝까지, 샤오장은 자신이 특별하다는 어떠한 표정도 보이지 않았다. 더욱이 날 세속적이라고 여기는 일말의 기색도 없었다.

나와 샤오장은 아쉽게 작별인사를 했다. 그는 서둘러 부랑자들을 위해 봉사하러 가야 했다. 내 호화스러운 차로 그를 데려다주지 않는 편이 낫겠다고 생각했다. 분명 개인 승용차를 타는 일에 매우 익숙하지 않을 것이다.

나는 자동차 열쇠를 찾으려다 뜻밖에도 다른 열쇠 한 무더기를 꺼내게 되었다. 마지막에서야 겨우 자동차 열쇠를 꺼냈다. 샤오장은 옆에 서서 내가 열쇠를 한 꾸러미씩 꺼내는 모습을 보고 아주 재미있었는지 내 어깨를 툭 치며 말했다. "자퉁, 대체 뭘 하길래 이렇게 많은 열쇠를 가지고 있어?"

샤오장이 떠난 후에 나는 길가에 멍하니 서 있었다. 나는 정말 많은 열쇠들을 갖고 있다. 그 열쇠들은 내 사회적 지위를 말해준다. 자동차 열쇠는 특수 금속으로 도금했고, 윗면에는 내 이름까지 새겨져 있다. 귀빈실을 사용할 수 있는 VIP 회원임을 나타내도록 골프 클럽에서 특별히 준 열쇠. 총책임자가 된 후 얻게 된 전용 화장실 열쇠. 미국의 어느 유력 인사들은 전용 엘리베이터도 갖고 있다고 하는데, 안타깝게도 대만에서는 그러한 일이 용납되지 않는다. 열쇠 하나를 더 가질 수 있을 텐데 말이다.

샤오장은? 열쇠를 하나도 갖고 있지 않다. 하지만 만약 오늘 밤 그에게 차 사고가 난다면, 분명 하늘에서 천사가 내려와 천국 문을 여는 열쇠를 줄 것이다.

나는 사회적 지위를 내세우기에 충분한 열쇠를 그토록 많이 갖고 있지만, 정작 가장 중요한 열쇠 하나는 갖지 못했다.

1994년 9월 18일 연합보 문예칼럼

지붕

내 일생 단 하나의 소원은 지붕이 있는 방에 들어가 시트가 깔린 침대에서 자는 것이다.

왜 이런 소원을 갖게 됐을까? 나는 인도 콜카타의 어린 거지이기 때문이다. 태어난 지 얼마 되지 않아 아빠가 돌아가셔서 나와 엄마는 서로 의지하며 살아왔다. 우리는 모두 가난해 작은 거리에서 살았다. 생전에 아빠는 거리에서 나무판 하나를 구해 그 위에 비닐 포대를 덧대어 벽에 비스듬히 세웠다. 저녁에 엄마와 나는 그 안으로 비집고 들어가 잠을 잤다. 비가 많이 올 때면 늘 빗물에 젖었다. 우리는 운이 좋은 편이었다. 비바람을 막을 만한 나무판이 없어서 매일 밤 고스란히 거리에서 노숙을 하는 아이들도 있었다. 비가 오면 사방으로 비를 피할 만한 곳을 찾아야 했는데 잘못하면 사람들에게 쫓겨날 수도 있었다.

엄마가 말하길, 예전에는 아빠와 엄마도 집에서 살았다고 했다. 농부였던 아빠는 연이어 몇 번 수확을 망치면서 먼저 소를 잃고 그다음에 땅을 잃었다. 마지막으로 유일하게 남은 작은 집마저 팔아 돈으로 바꾸고 콜카타까지 걸어왔다. 머지않아 형과 누나가 잇달아 숨졌다. 아빠는 온갖 힘든 노동을 하다가 내가 태어난 후 병들어 돌아가셨다. 엄마는 구걸로 생계를 유지할 수밖에 없었고, 나도 어느 정도 자란 후에는 구걸하는 법을 배웠다.

나는 운이 대단히 좋았다. 콜카타에서 가장 큰 호텔인 오베로이 호텔 앞에서 구걸할 수 있었기 때문이다. 입구 앞 보도는 매우 넓었고 위에는 지붕이 있었다. 길을 따라 둘레가 몹시 굵은 흰색 기둥이 서 있었다. 물론 호텔 전체도 흰색이었고 매우 아름다웠다. 호텔 투숙객들은 차를 타고 드나드는 것을 좋아했지만 나와서 걷는 이들도 적지 않았다. 길을 따라 서적과 신문을 판매하는 노점이 있어서 투숙객들이 신문을 사러 왔고 나는 그 기회를 틈타 앞에 나가 구걸을 했다. 나는 아시아에서 온 여행객들이 특히 후하다는 것을 알아냈다. 우리 거지들은 하루에 보통 10루피를 얻을 수 있었는데, 한 아시안 여행객에게 50루피를 받은 적도 있다.

하지만 엄마도 나를 떠났다. 삼 개월 전 엄마는 병들었고 갈수록 병환이 심해졌다. 우리가 가진 전 재산으로 어떻게 해서든 엄마가 드실 좋은 음식을 사려고 했지만 소용이 없었다. 마지막으로 엄마는 말했다. 테레사 수녀가 '임종자의 집'을 설립했다는데, 사람들이 엄마를 그곳으로 옮겨줄 수 있다면 누군가의 돌봄을 받아 좋아질 수 있을 테고, 만약 병이 나으면 나를 찾아올 수 있을 거라고 말이다.

엄마는 나더러 자신을 부축해 한밤에 큰 거리로 가달라고 했다. 그러고서 엄마는 거리에 드러누웠고, 나는 몰래 나무 뒤에 숨었다. 정말 누군가가 엄마를 발견하고는 병세가 깊은 것을 보자 즉시 택시 한 대를 세웠다. 아주 더러운 엄마의 모습을 보고 택시 운전사가 승차를 거부하는 모양이었다. 운전사는 한바탕 사정을 듣고 나서야 마침내 '칼리가트'*에 가는 것에 동의했다. 그곳은 테레사 수녀가 운영하는 '임종자의 집'이었다.

하지만 엄마는 지금까지 돌아오지 않았다. 나는 안다. 엄마는 분명 돌아가셨을 것이다. 돌아가시기 전까지 수녀님들이 엄마를 돌봐주셨으리라는 점이 유일한 위안이 됐다.

나는 어떻게 되었냐고? 나는 매우 외로웠다. "나는 아빠도 없고 엄마도 없어요, 저를 불쌍히 여겨주세요!"라고 말하는 것 외에는 어떤 말도 할 기회가 없었다. 매일 밤 주먹밥을 하나씩 사 먹었는데, 밥을 파는 사람도 나와 이야기하기 싫어했다.

---

* 힌두교 여신 칼리의 신전. 테레사 수녀가 가난하고 병든 이들을 돌보기 위해 세운 집이 칼리 여신의 신전 부속 건물에 있어서 '임종자의 집'을 '칼리가트'라고 부르게 되었다.

외로움이 깊어져 주변을 돌아다니는 작은 쥐 한 마리와 사이좋은 친구가 되었다. 매일 쥐에게 먹일 밥알을 조금 준비하면 쥐는 와서 내 손을 깨물었다. 나는 아예 쥐를 잡아 손에 두고 뽀뽀하거나 심지어 밤에 함께 자곤 했다.

갑자기 거리에 많은 사람들이 몰려와 사방으로 약을 뿌렸다. 그날 밤 작은 쥐는 나타나지 않았다. 대체 어디로 간 걸까? 알 길이 없어 매우 괴로웠다. 쥐는 내게 유일한 친구였는데 다시 보이지 않았다.

이튿날 나는 병이 난 것을 알았다. 오전에 호텔에 가서 구걸해야 했지만 참을 수 없이 고통스러워 점심에 돌아와서 잠을 청했다. 게다가 한 차례 먹은 것을 게웠다.

오후에 마스크를 착용한 사람들이 와서 나를 들어 차에 태웠다. 차 안에 있던 사람들 대부분이 중병에 걸린 거지들인 듯했다. 병이 나서 아팠지만 차에 처음 타본 나는 몹시 흥분했다. 줄곧 창밖을 내다보고 있다가 우리가 이미 콜카타를 떠났음을 알아차렸다. 시골에 다다르자 부모님이 예전에 시골에서 살았다던 엄마의 말이 떠올랐다. 정말 안타까웠다. 당시에 땅을 남겨놓았더라면 좋았을 텐데 말이다.

우리는 큰 집으로 보내졌다. 어떤 사람이 모두의 피를 뽑았다. 몇 명은 즉시 떠나보냈고 대부분은 남겨졌다. 태어나서 처음으로 누군가가 나를 씻겨주고 손톱을 잘라주고 머리를 감겨주었는데,

아주 편안했다. 하지만 마스크를 착용하도록 강요받았다.

마침내 지붕이 있는 집에 들어갔다는 사실이 나를 가장 행복하게 했다. 침대에서 잠을 잤고, 식사를 가져다주는 사람도 있었다. 애석하게도 나는 아팠다. 아프지만 않았다면 아주아주 좋은 일이었을텐데.

그들이 왜 이렇게 내게 잘해주는지, 왜 방을 떠나지 못하게 하는지는 이해하지 못했다. 한번은 체력이 그런대로 괜찮아진 듯해 입구에 경비원이 없는 틈에 몰래 복도로 빠져나와 집밖의 정원을 보다가 즉시 경비원에게 잡혀 돌아갔다. 하마터면 맞을 뻔했다. 그들 모두가 마스크를 착용하고 장갑을 낀 채, 지금까지 우리와 한 마디도 이야기하지 않았다는 점이 도무지 이해하기 힘들었다. 어린 거지인 나는 누군가에게 질문하는 일이 익숙하지 않았고 하물며 병까지 들어 물어볼 힘도 없었다.

밤중에 비바람이 거세게 몰아쳤다. 나는 침대에서 잤다. 비록 몸은 병이 들어 많이 불편했지만 비할 수 없는 행복감을 느꼈다. 이번에는 비바람이 나를 적시지 못한다는 걸 알고 있었다.

하지만 병은 날이 갈수록 깊어갔다. 내가 유일하게 병이 깊은 사람은 아니었다. 옆사람은 이미 세상을 떠났다. 누군가 그를 흰색 천으로 싸서 들고 나갔다. 그들은 우리에게 피해라도 줄까봐 매우 조용히 일을 처리했다.

매번 나의 병세를 보러 올 때마다 의사는 머리를 절레절레 흔들었다. 나는 잠이 든 후에 다시 깨어나지 못할 수도 있다는 것을 알았다.

한 수녀님이 왔다. 그분은 우리 침대까지 와서 손을 잡아주었다. 나는 그분이 장갑을 끼지 않고 마스크만 착용한 것을 알아차렸다. 내 손을 잡았을 때, 그분의 눈가는 온통 눈물로 가득했다. 왜 울려는 것일까? 내가 이곳을 떠나고 싶어하지 않는다는 걸 모르고 계신가? 이곳을 떠나면 나는 다시 구걸을 해야 한다. 뿐만 아니라 평생을 거지 노릇을 해야 한다. 내겐 가족 한 명 없고, 친구 한 명 없다. 지금까지 어느 누구도 내 손을 잡아준 적 없었고, 여태껏 관심을 가지고 보살펴준 사람도 없었다. 왜 내가 그런 생활로 다시 돌아가야 한단 말인가?

지금 나는 충분히 만족한다. 지붕이 있는 집에, 침대에서 잠자는 것이 유일한 소원이었는데 이미 이루어졌다. 선량한 의사와 간호사 선생님께 정말 감사해야 한다. 물론 궁금한 점이 하나 있다. 어째서 예전에는 가난한 사람이 병들면 아무도 거들떠보지 않았을까. 이번에는 달랐다. 나처럼 이렇게 편안한 대우를 받을 수 있다.

매우 쇠약해진 것을 느꼈다. 정신이 또렷할 때는 기도하려고 한다. 아빠, 엄마, 형, 누나, 마음씨 좋은 의사와 간호사, 수녀님들 모두 후세에는 좀더 잘 지낼 수 있기를, 나처럼 태어나자마자 거지로 불리지 않기를 소망한다.

"저 때문에 슬퍼하지 마세요. 다시는 깨어나지 못할 수도 있지만, 지금 제 머리 위로는 지붕이 있고 몸 아래에는 부드러운 침대가 있어요. 오늘 오후에는 장갑을 끼지 않은 손으로 제 손을 잡아주는 사람도 있었는데 제가 어떻게 만족하지 않을 수 있겠어요?"

1994년 10월 23일 연합보 문예칼럼

높은 담을 헐어버리자
테레사 수녀를 만나고

높은 담에서 벗어나다

오십 년 전, 유럽에서 온 한 무리의 천주교 수녀들이 인도 콜카타에 거주하게 되었다. 수녀들은 웅장한 수도원에서 살았다. 매우 엄격한 규율에 따라 생활했지만 상당히 안정되고 편안한 삶이라고 할 수 있었다. 수도원 건물 외에도 매우 아름답게 가꾸어진 정원이 있었고, 정원의 잔디밭은 파릇파릇했다.

수도원 전체는 사방이 높은 담으로 둘러싸여 있었으며, 수녀들은 높은 담 밖으로 자유롭게 나갈 수 없었다. 이따금 병원에 갈 때만 밖으로 나갈 수 있었다. 반드시 자동차를 타고 나가야 했으며 게다가 곧바로 돌아와야 했다.

높은 담 안의 생활은 안정되고 편안했지만, 둘러싸인 담의 바깥쪽은 완전히 다른 세상이었다. 제2차세계대전이 일어나자, 군 물자 수송으로 인해 식량 운송이 큰 영향을 받았다. 인플레이션과 물가 폭등으로 가뜩이나 얼마 되지 않았던 농민들의 재산마저 물거품이 돼버렸다. 그리하여 콜카타에 수천수만의 가난한 사람들이 쏟아져들어왔다. 전하는 바에 따르면 당시에 약 2백만 명의 사람들이 굶어죽었다고 한다. 굶어죽지 않은 사람들도 길거리에서 살 수밖에 없었는데, 오늘날에 이르러서도 거리에서 살고 있는 사람들을 볼 수 있다. 이들은 참으로 비참한 삶을 꾸려나가고 있다. 일찍이 콜카타 거리에서 한 어린아이를 목격한 적이 있다. 그 아이는 컵 하나를 가지고 하수구에서 물을 떠 세수를 하고 입안을 헹군 후, 마지막에는 그 큰 컵에 물을 가득 채워서 시원스럽게 마셔버렸다.

내가 머물고 있는 여관 입구만 해도 매일 저녁 어린 남자아이 두 명이 그곳에 누워서 잠든다. 천 조각 하나를 나누어 덮고 자는데, 형은 많아야 네 살 정도, 동생은 세 살도 채 안 돼 보였다. 그 아이들은 언제나 그곳을 차지하고 있었다. 항상 서로 끌어안고 지내다시피 하는데, 밤 열한시가 되면 정확하게 잠이 들어 아침 여섯시 이후에는 그림자도 보이지 않았다.

이런 아이들 대부분은 일생을 마칠 때까지 어떤 집에도 들어가 살 수 없고, 또한 평생 수돗물의 맛도 볼 수 없을 것이다.

수도원에 살고 있는 수녀들은 바깥의 비참한 세상을 알고 있을까? 이것은 영원한 수수께끼다. 설령 알았다 할지라도 유럽에서 온 그런 수녀들에게 인도는 낙후한 국가이기에 이와 같은 비참한 정경은 그다지 특별한 일도 아닐 터였다. 그들의 임무는 단지 귀족화된 여자학교를 잘 운영하고, 일부 부잣집 가정의 자녀들을 잘 교육하는 것이다.

테레사 수녀는 바로 이 높은 담 안에 살았다. 그녀는 유고슬라비아의 교양 있는 가정에서 태어났다. 어릴 때부터 천주교 교육을 받았고, 열여덟 살에 수도원에 들어가 수녀가 되었다. 인도에 왔을지언정 그녀의 생활은 여전히 전적으로 유럽식이었다.

그러던 중, 다르질링으로 피정을 가던 길에 테레사 수녀는 하느님으로부터 세상의 가장 가난한 사람들을 위해 봉사해야 한다는 계시를 받았다고 느꼈다.

1948년, 테레사 수녀는 이십여 년간 살았던 수도원을 떠났다. 두껍고 무거웠던 유럽식의 검은색 수녀복을 벗어버리고, 인도의 농촌 부녀자들이 입는 것처럼 흰옷으로 갈아입었다. 그리고 그 옷의 가장자리에는 파란색 줄무늬 띠가 둘러져 있었다. 테레사 수녀는 이때부터 그 높은 담을 벗어나 가난하고 더러운 비참한 세상 속으로 들어갔다. 높은 담은 오늘날까지도 여전히 존재한다. 그러나 테레사 수녀에게, 높은 담은 사라지고 없는 존재다. 그후 그녀는 다시는 편안하고 안정된 생활로 돌아오지 않았다. 매일 헐벗은 모습으로 거리에 누워 있는 사람들을 보았고, 길거리에 누워 가쁜 숨을 몰아쉬며 죽음을 기다리는 많은 이들을 외면할 수 없었다. 쥐에게 어깨를 물어뜯겨 살점이 크게 떨어져나가고, 벌레에게 하반신을 죄다 물린 사람들은 더욱 못 본 척할 수 없었다.

테레사 수녀는 혼자서 밖으로 나갔고, 가장 가난한 사람들을 위해 직접 봉사하고자 했다. 천주교의 입장에서 보더라도 이는 이상한 일이었다. 많은 신부들은 그녀가 크게 잘못하는 것이라고 생각했다. 그러나 그녀의 신앙은 줄곧 그녀를 지탱해주고, 몇 번의 좌절을 만난 뒤에도 여전히 낙심하지 않게 해주었다.

사십육 년이 지난 지금, 테레사 수녀는 이미 유명한 사람이 되었다. 올해 11월 16일, 그녀는 징이대학교에 와서 명예박사학위를 받을 것이다. 나는 그녀를 좀더 이해하기 위해 직접 콜카타에 가서 만나보기로 결정했다.

우리가 알고 있는 테레사 수녀

테레사 수녀는 도대체 어떤 사람인가?

그녀의 첫번째 특징은 절대적인 가난이다. 가장 가난한 사람들을 위해 봉사할 뿐만 아니라, 스스로도 가난한 사람이 되고자 했다. 오직 세 벌의 옷만 가지고 있고, 양말을 신지 않으며, 샌들만 신는다. 그녀의 거처에는 전등을 제외하면 전기제품으로는 유일하게 전화기가 있는데, 이것 또한 최근에야 설치했다. 컴퓨터 같은 기기는 전혀 없다.

그녀를 대신해 일정을 조정하거나 답장을 써줄 비서도 없었다. 편지는 모두 직접 써서 회신했다. 내가 그녀를 방문하기 전, 중산대학교의 양창바오楊昌彪 교수가 이렇게 말했다. "그녀에게 분명 홍보 담당자들이 있어서 사람들에게 선전하는 겁니다. 그렇지 않다면 어떻게 이처럼 유명해졌겠습니까? 게다가 이렇게 많은 사람들이 그녀를 따르겠습니까?" 그 말이 어느 정도 일리가 있는 것처럼 느껴졌다. 만약 그런 홍보 담당자가 있다면, 테레사 수녀를 소개하는 비디오테이프라도 한 세트 달라고 해볼 수 있을 것이다. 그런데 내가 틀렸다. 그녀에겐 어떠한 홍보 담당자도, 더욱이 어떠한 홍보물도 없었다.

천주교 각 수도회의 인원이 줄어들 때도, 그녀의 수도회는 오히려 계속 왕성하게 발전하고 있다. 7천여 명의 수녀들과 수사들이 '사랑의 선교회'에 참여하고 있다. 수사들과 수녀들은 일생 동안 마음과 뜻을 다하여 가장 가난한 사람들을 위해 봉사하겠다고 서원하기도 했다.

그녀의 생각은 어떠할까?

테레사 수녀는 예수께서 십자가에서 임종하실 때 "목마르다"고 말씀하신 그 한 마디를 항상 강조한다. 테레사 수녀가 생각하기에, 예수는 고금을 막론하고 모든 이들 가운데서 온갖 고난을 겪은 사람을 대표한다. 이른바 '목마르다'는 것은 생리적으로 마실 물이 필요함을 뜻할 뿐만 아니라, 고통을 받고 고난을 당할 때 사람들의 사랑과 보살핌이 가장 필요하다는 의미이다.

테레사 수녀는 백여 군데에 가난한 사람을 위해 봉사하는 곳을 설립했다. 그 모든 곳에는 십자가에 못 박혀 고통받는 예수의 형상이 있고, 십자가 옆에는 하나같이 "나는 목마르다"는 글귀가 있다. 테레사 수녀는 그 글귀로 누구든 고통 가운데 있을 때, 우리들은 마땅히 그로부터 그리스도의 그림자를 볼 수 있어야 하고, 그 불행한 사람을 위해서 행하는 어떠한 일도 모두 그리스도를 대신하는 일이라는 점을 상기시킨다.

테레사 수녀는 묵상기도문에서 이렇게 말하고 있다.

한 조각의 순결한 마음이어야, 그리스도를 쉽게 만날 수 있습니다

굶주린 사람 가운데서

헐벗은 사람 가운데서

돌아갈 집이 없는 사람 가운데서

외롭고 쓸쓸한 사람 가운데서

아무도 원하지 않는 사람 가운데서

아무도 사랑하지 않는 사람 가운데서

나병 환자 가운데서

알코올중독자 가운데서

거리에 누운 걸인 가운데서

가난한 사람이 굶주리면, 단지 빵 한 조각 얻기만을 바라는 것이 아니라 누군가가 자신을 사랑해주기를 더욱 희망한다. 가난한 사람이 헐벗으면, 단지 천 한 조각 주기만을 바라는 것이 아니라, 사람으로서 마땅히 누려야 할 존엄성을 누군가가 그에게 주었으면 하고 더욱 희망한다.

가난한 사람이 돌아갈 집이 없으면, 몸을 누일 작은 집 한 칸만을 바라는 것이 아니라, 어느 누구도 다시는 그를 내버리지 않고 잊지 않으며, 그에게 아주 무관심하지 않기를 희망한다.

테레사 수녀는 단순한 봉사자가 아니었다. 가장 가난한 사람들에게 봉사하기 위해 수도회 수사들과 수녀들 모두 가난한 사람이 되어야 한다고 했다. 수사들은 손목시계조차 차서는 안 되었다. 이렇게 해야만 수사들과 수녀들로부터 도움을 받는 가난한 이들이 비로소 조금이나마 존엄성을 느낄 수 있는 것이다.

가난한 사람을 위해 봉사하는 이러한 정신은 직접 그 모습을 봐야만 어느 정도 체감할 수 있다. 그들은 가난한 사람을 위해 '봉사할' 뿐만 아니라 '섬기고' 있다. 자신이 인류의 빈곤 문제를 해결할 수 없다는 것을 알고 있다고 테레사 수녀는 말한다. 빈곤 문제는 반드시 정치가, 과학자, 경제학자들이 맡아 천천히 해결해야 하지만 그녀는 무작정 기다릴 수 없었다. 세상의 너무나 많은 사람들이 아무런 존엄성을 누리지 못한 채 비인간적으로 살아가고 있다는 사실을 알았기에, 반드시 그들을 우선 보살펴야 한다고 믿었다.

수사들과 수녀들이 가난한 생활을 하기 때문에 테레사 수녀에게는 많은 돈이 필요하지 않다. 여태껏 모금을 한 적도 없다. 그녀의 명성이라면 단 한 번의 자선 디너파티를 열더라도 전 세계의 대기업들이 기부하려 들 것이다. 하지만 그녀는 언제나 기꺼이 받아들이지 않는다. 수사들과 수녀들의 신앙적 순결을 위해서다. 그들에게 홍보부가 따로 없는 것도 이런 이유 때문이다.

사실 테레사 수녀가 가장 좋아하는 것은 사람들의 기부가 아니라 기꺼이 봉사활동에 참여하는 일이다.

테레사 수녀의 기도문에서 나는 이 구절을 줄곧 이해할 수 없었다.

한 조각의 순결한 마음이어야
자유롭게 베풀 수 있고
자유롭게 사랑할 수 있다
마음의 상처를 받을 때까지 줄곧 그래야 한다

솔직히 말하자면, '마음의 상처'가 무엇을 말하는 것인지 줄곧 이해하지 못했다. 이번에 테레사 수녀가 봉사하는 곳에 가보고 수사들과 수녀들의 일에 참여하면서, 비로소 '마음의 상처'와 사랑의 관계를 진정으로 이해할 수 있었다.

테레사 수녀와 오 분간의 만남

테레사 수녀를 만나는 방법은 오직 한 가지다. 바로 아침 여섯 시 미사에 참석하는 것. 나와 그녀는 9월 4일 오전 아홉시에 만나기로 약속했다. 나는 다섯시 오십분에 도착했다. 수녀들 모두 이미 와서 바닥에 자리를 깔고 앉았다. 이것은 마치 그녀의 명령인 것처럼 보였다. 성당에는 무릎 의자가 없었는데, 돈을 절약하는 동시에 한편으로는 철저히 인도화된 모습을 보여주려는 생각일 테다. 수녀들 외에 몇십 명의 외국인들도 자리하고 있었다. 그들 모두가 세계 각지로부터 수녀를 돕기 위해 온 자원봉사자라는 것을 나중에 알게 되었다.

나는 곳곳을 살피다 마침내 세상에 널리 알려진 이 수녀님을 찾았다. 그녀는 맨 뒷줄 한쪽 구석에 있었다. 이 정신적 지도자는 티도 한 점 내지 않고서 조용히 수녀들과 함께 맨 마지막 줄에 서 있었다.

미사가 끝나고 많은 무리의 사람들이 그녀를 만나려고 했다. 나는 이때 테레사 수녀에게 접견실이 없다는 것을 알게 되었다. 그녀는 맨발로 성당 밖 복도에 서서 자신을 만나려는 사람들 한 명한 명과 이야기를 나누었다. 그들 중 어느 누구도 그녀와 사진 찍기를 부탁하지 않았다. 한 사람씩 단 몇 분 동안만 대화를 나누었는데, 내 차례가 되었을 때는 이미 삼십 분이 지난 뒤였다. 내 뒤에는 아직도 스무 명이 넘는 사람들이 기다리고 있었다.

그녀는 뜻밖에도 자신이 징이대학교에 가서 명예박사학위를 받기로 한 일을 기억하고 있었다. 하지만 나와 직접 전화로 날짜를 11월 16일로 확정짓고, 내가 세 차례나 편지를 보내 이미 확정된 날짜를 알려주었음에도, 날짜는 잊고 있었다. 그래서 나는 이 자리에서 마지막 편지를 직접 건네주며, 11월 16일임을 다시 설명했다. 그후 얼마나 머무를 수 있는지를 협의했고, 그녀는 최종적으로 나흘간 머무르는 데 동의했다.

나는 그녀의 활동을 기록한 영상물이 있는지 물어보았다. 그녀는 없다고 대답했다. 그러면 활동에 대해 소개된 책자라도 있는지 물어보았다. 그것 또한 없다고 대답했다. 다만 근처에 큰 성당이 하나 있는데, 아마도 그곳에서 그런 종류의 책을 찾을 수 있을 거라고 그녀는 말했다. 나는 홍보 담당자가 있는지에 대해서는 묻지 않았다. 그 답은 이미 충분했기 때문이다.

내가 하고자 했던 일을 다 하지 못했다. 그녀에게 준 수표 한 장에 대한 영수증에 서명하느라 몇 분을 헛되이 써버렸고, 뒤에는 아직도 사람들이 기다리고 있었기에 이 만남을 끝낼 수밖에 없었다. 내 뒤에 있던 한 사람은 "나는 런던에서 왔어요"라고만 말하고서 현금을 건네고는 무릎을 꿇고 그녀의 발에 입을 맞추었다. 그녀는 대단히 쑥스러워했지만 거부하지는 않았다. 그때 나는 그녀의 발이 류머티즘으로 인해 이미 모양이 변했음을 알게 되었다.

'임종자의 집'에서의 경험

콜카타에서 사흘간 자유로운 시간을 가질 수 있었다. 그래서 '임종자의 집'에 자원봉사를 하러 가기로 결정했다.

'임종자의 집'은 테레사 수녀가 설립한 곳이다. 언젠가 그녀는 어느 나무 아래에 앉은 채로 거의 죽어가고 있는 부랑자를 보았다. 그때 그녀는 기차에 타고 있었기에 내려서 그를 살펴볼 수 없었다. 후에 기차를 타고 되돌아와 보니 그는 이미 죽어 있었다. 그때 그녀에게 한 가지 생각이 떠올랐다. 만일 누군가가 임종을 앞둔 사람과 이야기를 나눌 수 있다면, 그 사람은 좀더 평안히 세상을 떠날 수 있으리라는 생각이었다.

테레사 수녀가 길거리에서 나이든 여인을 발견한 적도 있다. 여인의 몸은 어느 한군데를 고를 것도 없이 죄다 쥐와 벌레에게 물어뜯겨 심하게 다친 상태였다. 테레사 수녀는 여인을 데리고 여러 병원을 전전했고, 마침내 한 병원에서 받아주었지만 여인은 몇 시간 지나지 않아 바로 세상을 떠났다.

그래서 테레사 수녀는 '임종자의 집'을 세웠다. 이곳에 머물 수 있는 사람은 반드시 병세가 위중해야 하고, 돌아갈 집이 없는 부랑자여야 한다.

콜카타의 거리는 집 없는 사람들로 가득차 있다. 저녁에 외출할 때는 반드시 조심하며 걸어야 한다. 그렇지 않으면 길거리에서 잠자는 사람들과 부딪힐 것이다. 어느 자원봉사자가 말해주길, 아일랜드에서 온 한 여성이 매일 길거리를 오가면서 병세가 위중한 사람을 보면 곧장 '임종자의 집'으로 보냈다고 한다. 그녀는 종종 나병 환자를 발견하기도 했다. 테레사 수녀와 한 구급차 업체가 마침 의견이 일치해, 업체에서 수녀를 대신해서 이런 환자들을 수녀가 운영하는 나병 환자 병원으로 보냈다.

'임종자의 집'에서는 환자를 돌봐준다. 설령 그들이 최후에는 세상을 떠난다 할지라도 최소한 그전까지 사람의 온정을 느낄 수 있도록 하는 것이다. 수사들과 수녀들 모두 온화하고 선량하기에 될 수 있는 한 온 마음을 다해 환자의 손을 잡아준다. 만약 병세가 위중한 환자라면 관심과 사랑을 느낄 수 있도록 누군가가 반드시 그 환자의 손을 꼭 잡아준다.

천주교 신앙의 테레사 수녀라 할지라도, 절대적으로 다른 이들의 종교를 존중한다. 환자가 세상을 떠난 뒤에는 모두 그들의 종교 신앙에 따라 장례를 치르도록 해준다.

9월 4일, '임종자의 집'에는 자원봉사자가 이상할 정도로 많았지만 다들 너무 바빠서 눈코 뜰 새가 없었다. 나의 첫번째 일은 옷

가지 세탁이었다. 한 시간 동안 옷을 빨고 미끄러지듯 순식간에 위층으로 올라가 햇볕에 말렸다. 그곳에는 빨래집게조차 없었다. 마침 큰 바람이 불어 모든 옷을 서로 묶을 수밖에 없었다.

옷을 널고 내려오는데 갑자기 누군가가 나를 불렀다. "수사님, 사람이 죽었어요, 와서 시신을 드는 걸 도와주세요." 나는 수사가 아니지만 그렇다고 거절할 수는 없었다. 그래서 곧장 가서 시신을 들고 잠시 가동이 멈춘 영안실로 들어갔다. 나는 그 여자가 어떤 모습인지 보지 못했지만 단지 그 시신이 이상하리만큼 가볍다는 것을 느꼈다.

열한시가 가까워오자 신부 한 명이 미사를 집전하러 왔다. 성경 말씀은 영어로 전하고 성가는 인도어로 불렀다. 불교 승려들이 읊조리는 것과 상당히 비슷한가 싶더니 보다 활력 있고 곡조 또한 매우 빨랐다. 풍금 연주 말고도 수사 한 명이 북을 두드렸다. 성가를 부르는 수사들은 마치 미국 흑인들이 영가를 부를 때처럼 심취해 있었다. 많은 수녀들은 미사중에도 일을 계속했고, 다만 영성체를 할 때에야 앞으로 나가 성체를 받았다. 미사가 끝나고 우리들은 흩어져서 환자들에게 밥을 가져다주었다. 나는 환자들이 먹는 밥이 그런대로 괜찮다는 것을 알게 되었다. 식사는 고기를 넣은 카레였다. 음식을 가져다주기 전에 한 어린 환자가 눈에 띄었다. 기껏해야 열다섯 살 정도 되어 보이는 그애가 이전에 나를 불러 우유 한 컵을 마시게 해달라고 해서 한 숟가락씩 먹여준 적이 있었다. 오늘 그애가 또다시 내게 먹여달라고 한 것이다. 줄곧 그애 스스로 먹었기 때문에 내가 나쁜 습관을 들이고 있다고 한 수녀는 말했다. 그러면서 확실히 그애가 나를 아주 좋아한다고 덧붙였다. 밥을 다 먹고 나서도 그애는 여전히 잡아당긴 내 손을 놓아주지 않았다.

열두시가 거의 다 되었을 무렵, 한 녀석이 찾아와 "수사님, 저 환자가 화장실에 가려고 해요"라고 했다. 그 젊은 환자가 걸을 수 없을 정도로 이미 허약해졌다는 것을 나는 그제야 알았다. 나는 그를 부축해 천천히 걸어가면서 그가 너무 왜소하다는 것을 알아차렸다. 그가 화장실에 있는 동안에도 온전히 내가 부축해야 했다. 이곳에는 변기가 없었다.

자원봉사자는 어디에서 왔으며, 어떤 일을 하는 걸까? 이곳의 자원봉사자 대부분은 유럽에서 왔고, 일본과 싱가포르에서 온 이들도 있었다. 미국 출신 자원봉사자는 만나지 못했고 인도 출신의 자원봉사자 한 명을 만났는데, 유럽에서 인도로 돌아온 사람이었다. 자원봉사자의 절반 정도는 재학중인 학생들이며 여름방학 전부를 이곳에서 보내고 있었다. 나머지 절반은 모두 직업을 가진 사람들이었다. 의사들이 많다는 점에 정말 놀랐다. 여섯 명의 의사를 만났는데, 모두 유럽에서 왔다. 이탈리아에서 온 은행원도 있었다. 비록 그가 말은 안 했지만, 매년 꼭 오는 사람임을 알 수 있었다. 적어도 이 주간은 머무르는 듯했다. 젊은 자원봉사자들은 종종 이곳에서 삼 개월 동안 봉사한다.

자원봉사자의 신분에는 귀천이 없다. 미국 캘리포니아주 주지사가 이곳에서 한 달 동안 봉사활동을 한 적도 있다. 수녀들은 일부러 그를 모르는 척했다. 그가 하는 일도 다른 사람들과 별반 다를 게 없었다.

둘째 날, 내 일이 더 많아졌음을 알 수 있었다. 첫번째 일은 설거지였다. 설거지에 세척제로 사용되는 석회는 아주 지저분해 보였다. 환자용 그릇은 모두 스테인리스라 거친 석회로 씻어도 괜찮다. 하지만 설거지물은 금방 시커멓게 변해버렸다. 다음으로 몸을 다 씻은 환자에게 옷을 입혀주는 일을 했다. 나는 이때 환자들이 얼마나 말랐는지 비로소 알게 되었다. 마치 나치 강제 수용소에서 살아 돌아온 사람처럼 살점이라고는 전혀 없이 아주 마른 상태였다.

환자들은 어느 때건 물을 마실 수 있어야 하기 때문에 자원봉사자들은 쉴새없이 그들에게 물을 가져다줬다. 어떤 때는 우유를 타서 주기도 했다. 성가신 환자도 있었다. 그는 내가 차가운 우유를 주지 않으려 한다고 오해하고 있었다. 하지만 환자들에겐 따뜻한 물만 줄 수 있었다. 주방에서 일하는 분은 수녀가 아니었는데 그녀는 아주 포악했다. 인도말로 내게 심하게 욕을 해댔다. 나는 무엇을 잘못했는지 몰라서 하는 수 없이 한 수녀에게 도움을 청했다. 환자가 사용한 컵을 밥하는 곳 가까이 두어서는 안 된다는 것을 나중에 알게 되었다. 가까스로 뜨거운 물을 얻어도 그 환자가 너무 뜨거운 것을 싫어해 나는 찬물을 섞었다. 또 그는 왜 설탕이 없냐고 말했다. 다행히 설탕이 어디 있는지 알고 있던 내가 설탕을 넣어주고서야 그는 겨우 만족했다. 그러고는 고맙다면서 나를 착한 아이라고 불렀다. 이 노인은 분명 돈이 많았던 것 같다. 지난날 매일 자신의 집에서 하인을 두고 부렸을 것이다. 지금은 가족에게 버림받았지만 그는 오래된 습관을 여전히 고치지 못했다. 그러나 우리들은 가난한 사람들을 위해서 봉사하려는 것이기에 어쩔 수 없이 그가 부리는 대로 들어줄 수밖에 없었다.

세번째는 옷을 세탁하는 일이었는데, 지루하기가 이루 말할 수 없었다. 그러던 중에 또 누군가가 나를 수사라고 부르며 환자에게 약을 가져다주라고 했다. 너무나 기뻤다. 약을 가져다주는 건 홀가분하고 유쾌한 일이기 때문이다. 어느 젊은 수사가 약을 조제하는 책임을 맡았다. 조제가 다 끝난 후 우리들은 환자 한 명 한 명에게 약을 가져다주었다. 그래서 나의 네번째 일은 약을 가져다주는 것이 되었다.

신나게 약을 가져다주었는데, 어떤 남자가 나를 찾아와서는 "수사님, 저는 구급차를 운전하는 사람입니다. 시신 네 구를 차까지 들어 운반하는 일 좀 도와주세요"라고 말했다. 나는 예전에 등을 다친 적이 있어서 그뒤로 무거운 것은 애초에 들지 않았다. 그러나 수사는 어떤 일이든 모두 해야만 한다. 나는 할 수 없이 나가서 시신을 들 수밖에 없었다. 다행히도 시신들은 이미 흰 천으로 잘

싸매여 있어서 그들이 어떤 모습인지는 볼 수 없었다.

차에 오르기 전, 나는 어느 젊고 건장한 수사를 붙잡아 나와 동행하게 했다. 나는 수사도 아니었고 현지법도 잘 알지 못했기에 만에 하나 누군가가 시비라도 건다면 대처할 방법이 없었다. 수사는 이러한 내 판단이 일리 있다고 생각했는지 나와 함께 갔다. 열아홉 살에 체격이 건장한 수사는 한눈에도 부유한 집안 출신임을 알 수 있었다. 그렇지 않다면 체격이 그토록 좋을 수 없을 것이다. 그는 어느 대학에서 일 년 동안 전기기계학을 공부하고는 수도생활을 하기로 결정하고 이 수도회에 들어왔다. 잘생긴 청년이었다. 다만 얼굴에 모반이 하나 있었는데 마치 칼자국처럼 보였다. 이 수사가 어제 미사중에 북을 친 바로 그 사람이었다. 대단히 활발하고 우스갯소리를 곧잘 했다. 가는 도중에 내가 코카콜라 한 병을 사주려고 하니 그는 받을 수 없다고 말했다. 그러면서 자신은 손목시계도 차지 않는다고 덧붙였다. 예전에 누군가가 손목시계 하나를 보내주려고 한 것도 받지 않았다고 하면서. 그는 자신의 유일한 재산이 옷 세 벌과 신발 한 켤레라고 했다. 한 켤레 있는 신발이 다 해지면 한동안 기다려야 비로소 새 신발을 얻을 수 있다고 했다. 그는 맨발로 다닐 수 있다면서 조금도 마음에 두지 않는다고 말했다. 맨발이라는 말이 나오자 그는 자신의 허벅지를 손바닥으로 치며 아주 시원스럽게 말했다. "죽을 때까지 평생 가난한 사람으로 살려고요." 온 얼굴에 웃음이 가득해지며 아주 즐거워했다.

이 젊은 친구를 보며, 수사가 되지 않았더라면 반드시 많은 여
학생들이 그를 쫓아다녔을 것이고, 분명 행복한 날들을 보낼 수도
있었겠다는 생각을 했다. 하지만 그에게는 지금 아무것도 없다.
달랑 옷 세 벌만 가지고 있었지만 하하하, 하며 밝고 명랑하게 웃
는 모습이 이미 모든 것을 다 가진 사람 같았다.

화장터에 도착했다. 화장터에는 큰 건물이 하나 있었는데, 그
안팎이 모두 거지들로 그득했다. 우리 세 사람은 시신을 숯더미
위로 옮겼다. 일단 그곳에 놓아두면 언제 화장할지 우리들은 모른
다. 이 일이 마치 쓰레기를 버리는 것 같다는 생각이 들어 매우 고
통스러웠다. 어느 시신을 싼 천이 흐트러져서 그것이 한 젊은이의
시신이라는 것을 알게 되었다. 그가 어제 종일 아무것도 먹지 않
아서 수사 한 명이 뭘 좀 먹여보려고 했지만 죽으려고 마음을 굳
힌 그의 결심을 움직일 수 없었다. 그는 어제 오후 세상을 떠났다.
다행히도 눈을 감기 전에 누군가가 그의 손을 잡아주었다. 사람
들 말에 의하면 그가 '임종자의 집'을 네 번이나 들락거렸다고 하
는데, 몸이 좋아지면 나가서 유랑생활을 하다가 병이 생기면 다시
이곳으로 돌아오곤 했던 것이다. 마지막에는 살겠다는 의지를 아
예 잃어, 아무것도 먹지도 마시지도 않았으며 약도 거의 먹으려
하지 않았다. 오직 누군가가 그의 손을 잡아주기만을 바랐다.

시신을 안치하고 우리가 몸을 돌리자, 큰 까마귀 두 마리가 곧

바로 아래로 내려와 시신을 쪼아먹었다. 까마귀들은 먼저 발로 능숙하게 천을 벗겨낸 후 한 입씩 쪼아먹기 시작했다. 죽은 사람의 손은 몸 위에 올려두는데, 천이 벗겨져서 그의 오른손이 천천히 아래로 떨궈져 땅에 닿는 것이 보였다. 천이 걷히자 나는 그의 얼굴을 볼 수 있었다. 감기지 않은 두 눈이 하늘을 바라보고 있었고, 온 얼굴에는 처량함과 고통스러움이 가득 어려 있었다. 모두 깜짝 놀라 뛰어가서 까마귀를 쫓아냈다. 큰 나무판을 하나 구해 시신 위에 덮었으나 머리와 발은 여전히 밖으로 드러났다.

몇 초의 시간이었지만, 그 젊은이가 말없이 푸른 하늘을 향해 묻는 처참하고 고통스러운 표정과 큰 까마귀가 그를 쪼아먹는 광경을 더는 견딜 수 없었다.

다시 '임종자의 집'으로 돌아오자 또다른 일이 나를 기다리고 있었다. 누군가가 나를 불렀다. "수사님, 저를 좀 도와주세요." 보통 쓰레기를 들고 가서 내버리는데, 그 가운데 죽은 이들의 옷가지가 있다. 걸어서 오 분 거리에 있는 쓰레기장에 도착하기도 전에 어린아이들 한 무리가 바로 몰려와 그것들을 낚아채버렸다. 쓰레깃더미를 두고 적어도 삼십 마리가 넘는 큰 까마귀들이 먹이 다툼을 벌일 뿐만 아니라, 그보다 더 많은 사람들이 그 속을 뒤적이며 뭔가를 찾고 있었다.

가난, 가난, 가난, 이번에야말로 진정으로 가난이 가져다준 비참함을 목격하게 되었다. 사람들이 밀고 당기고 하는 통에 내 옷은 이미 엉망진창이 되었다. 그나마 두르고 있던 작업용 앞치마도 순식간에 더러워지고 말았다.

내 마음은 한없이 무거웠다. 이전에는 이런 광경을 그저 TV와 신문에서만 보았다. 하지만 지금은, 내 앞에서 생생하게 일어나고 있었다.

'임종자의 집'에 돌아왔을 때, 한 수녀님이 내게 성당에 가서 기도를 하라고 했다. 다른 수사들은 모두 갔으니 나 또한 가야 한다고 했다. 수사들은 과연 성당에 있었다. 나와 함께 화장터에 갔던 수사도 책상다리를 하고 앉아 양손을 벌리고 고개를 숙인 채 묵상하고 있었다. 마치 좌선을 하는 듯한 모습으로, 깔깔거리며 밝게 웃던 표정은 이미 온데간데없었다.

나는 어떠했는가? 나는 그들 뒤쪽에 앉았지만 아직 마음을 추스르지 못했다. 눈물이 샘솟듯 쏟아져나왔고, 마침내 테레사 수녀가 하신 말씀을 이해했다.

한 조각의 순결한 마음이어야, 자유롭게 베풀 수 있고, 자유롭게 사랑할 수 있다, 마음의 상처를 받을 때까지 줄곧 그래야 한다

지난날, 나 역시 가난한 사람을 위해 봉사했다고 자처했지만, 항상 유쾌한 일을 찾아서 했다. 교도소에 갇힌 수감자들을 위해 봉사할 때, 어느 정도 교육받은 젊은이들을 찾아 친구로 사귀었지

190

결코 사형수를 위로하지는 못했다. 그들의 손과 발을 채운 쇠고랑과 족쇄를 볼까 두려웠고, 그들과 함께 죽음을 향해 나아간다는 건 더욱 무서웠다. 인간에게 가장 비참하다고 여겨지는 일을 감히 마주하지 못했다.

여전히 자원봉사를 하고 있지만, 고아원에 있는 아이들을 위해 봉사한다. 이 아이들은 수녀들이 응석을 다 받아주어서 그런지 버릇이 나빠졌지만, 저마다가 발랄하고 사랑스러우며 또한 행복해한다. 그 아이들을 위해 봉사하는 일은 가슴 아픈 일이 아닐 뿐더러 오히려 즐겁고 유쾌한 일이다.

비록 가난한 이를 위해 봉사한다고 했지만, '가장 빈곤한' 이를 위해 봉사하는 것은 꺼렸다. 줄곧 나도 모르게 사람들의 진정한 빈곤과 불행을 회피했다. 그들에게 베풀고 그들을 사랑했지만, 끝내 '마음의 상처를 받은' 경험은 없었다. 지금에서야 내가 여태껏 진정으로 사랑한 적이 없었고, 진정으로 베푼 적이 없었다는 것을 알게 되었다.

지난 오십육 년 이래 편안했던 날들이 갑자기 이 두 시간의 비참한 광경에 자리를 내주었다. 죽은 이들 네 명 가운데 손을 아래로 늘어뜨리고 두 눈을 푸른 하늘로 향하고 있던 망자가 생각났다. 마침 창밖에는 큰비가 내리고 있었다. 그는 바깥에서 흠뻑 비를 맞을 테고 까마귀들이 여전히 부리로 쪼아댈 것이다. 너무나 고통스러웠다.

예수의 십자가상 앞에서 "나는 목마르다"는 그 글귀를 또다시 보았다. 사십 년 동안 그리스도인으로 살아왔지만, 오늘에야 비로소 예수께서 말씀하신 '목마르다'의 의미가 분명해졌다. 감히 나 스스로를 그리스도인이라고 말할 수 있는가? 예수께서 '목마르다'고 했을 때, 나는 주로 연구실에서 연구를 했거나, 혹은 커피숍에서 커피를 마셨다.

줄곧 기도를 그다지 못하는 편이었지만, 이번에는 내가 예수님께 숨김없이 이야기하고 있음을 느꼈다. 속시원히 예수님과 대화를 나누었고, 또 속시원히 눈물을 흘렸다. 한참 동안 눈물을 흘리고 나니 오히려 마음속에서 일종의 편안함이 느껴졌다. 죽은 자의 시신을 들고, 쓰레기장에 갈 수 있는 기회를 주신 예수님께 감사드렸다. 한평생을 헛되이 보내지 않았다는 것을 느꼈다. 고개를 들어보니 뜻밖에도 그 수사가 내 옆에 앉아 있었다. 분명 눈물을 흘리는 내 모습을 보고 위로하러 온 것이리라.

그가 말했다. "선생님, 땀냄새가 아주 지독한데요. 우리들은 그 역겨운 냄새를 더이상 참을 수가 없습니다. 보세요. 수사들이 모두 냄새 때문에 가버렸어요. 오직 저만 옆에 있잖아요. 우리 인도 사람보다 훨씬 더 고약한 냄새가 나네요."

그가 나를 위로하러 왔다는 것을 알았다. 비록 내 등에 땀이 흠뻑 나 옷이 완전히 젖어서 정말로 냄새가 대단하다고 해도, 놀리는 말은 절대로 인정할 수 없었다. 그래서 손짓으로 그를 한 대 때리는 척했다.

우리는 여전히 성당 안에 있었으니 이런 우스꽝스러운 짓이 조금은 경우에 맞지 않는다는 생각이 들어 함께 성당 밖으로 나왔다. 수사는 사방을 두리번거린 뒤, 주위에 아무도 없다는 것을 알아채고는 마치 쿵후를 하는 듯한 자세를 취했다. 내가 그를 치기라도 한다면 그의 무공이 나보다 더 위라는 것을 보여주려는 형세였다.

다른 자원봉사자들은 반바지에 티셔츠를 입었는데, 나만 셔츠와 긴 바지를 입었다고 그가 말했다. 수사들은 모두 셔츠와 긴 바지를 입었다. 또한 손목시계를 차고 있지 않아서 사람들이 나를 수사로 착각하게 된다는 것이다. 그는 장난스럽게 말했다. "다음에 다시 오게 되면, 그때도 당신이 화장터에 가는 게 좋겠습니다. 시신을 들고 가기에 가장 적합한 사람 같습니다." 그 말을 듣고 나니 마음이 한결 홀가분해졌다.

'임종자의 집'을 떠나기 전에 또 설거지를 했다.

정문 입구에서 그 수사는 마대를 하나 메고 떠날 준비를 했다. 자루 곁에는 M.C.*라고 쓰여 있었다. 그가 나를 보고서 말했다. "내일 저는 여기에 오지 않습니다." 그러고서 장난스럽게 내뱉었다. "수사님, 안녕."

---

* '사랑의 선교회(Missionaries of Charity)'의 약자.

그가 멘 마대와 그의 옷에 걸린 십자가에 눈길이 꽂혔다. 그가 아주 부러웠다. 그는 내 심정을 알아차리고는 양손을 모으고 말했다. "몸에서 냄새가 나도록 계속해서 땀을 흘리고자 한다면, 당신은 바로 우리들과 함께 있는 것입니다."

나 또한 양손을 모으고 말했다. "하느님의 가호가 있기를. 우리가 다음에 만나는 것은 아마도 천국에서겠죠." 나는 그가 소매를 들어올려 몰래 눈물을 훔치는 것을 보았다.

이튿날 공항으로 가기 위해 택시를 타려다가, 수사 한 명과 일본인 자원봉사자 한 명이 길거리에 누워서 죽어가는 한 노인을 보살피는 모습을 또다시 보았다. 이날 새벽에 그 노인의 가족은 그를 메고 와 길거리에 내다버렸다. 수사는 택시를 부르고 있었고, 일본인 자원봉사자는 무릎을 꿇고 노인의 손을 꼭 잡고 있었다. 의과대학 학생인 그가 나를 보고는, "희망이 전혀 없어요"라고 말했다. 어쩌면 정말로 희망이 없을지도 모르겠지만, 그 노인은 적어도 세상에 여전히 그를 걱정하며 보살피는 누군가가 있다는 사실을 알 것이다.

택시에 오르지 않고 거기 남아서 영원히 봉사하고 싶은 마음이 간절했다.

이틀에 불과했지만 '임종자의 집'에서의 경험은 평생 잊지 못할 것이다.

나는 잊을 수 없다. 콜카타 거리의 집 없는 사람들을.

나는 잊을 수 없다. 어린 남자아이가 컵으로 하수구 물을 퍼서 마시던 모습을.

나는 잊을 수 없다. 오직 아이 둘이서, 큰 아이가 기껏 네 살 남짓밖에 안 되는 그 아이들이 매일 밤 내가 머무는 여관 입구에서 자던 모습을.

나는 잊을 수 없다. '임종자의 집'에서 마른 가지처럼 뼈만 앙상하게 남은 환자를.

나는 잊을 수 없다. 그 젊은 병자를. 기회가 있다면 내가 그의 손을 꼭 잡아줄 수 있기를 바란다.

나는 잊을 수 없다. 바깥의 석탄재 위에 놓인 시신에 들개와 큰 까마귀가 아무때나 몰려들어 뜯어먹고, 또 폭풍우에 수시로 시신들이 흠뻑 젖는 광경을. 그들의 눈은 하늘을 향해 있었다.

나는 잊을 수 없다. 쓰레기장 근처의 헐벗은 가난한 사람들을. 그들은 들개와 큰 까마귀들과 다를 게 하나도 없으며, 인간으로서 마땅히 누려야 할 일말의 존엄성조차 없었다.

그러나 나는 잊을 수 없다. 테레사 수녀가 양손을 모으고 축복을 빌어주던 모습과 그녀의 자애로운 미소를.

나는 더더욱 잊을 수 없다. 수사들과 수녀들의 한없는 사랑과 인내심을.

나는 잊을 수 없다. 수사들과 수녀들이 가난한 생활을 하면서도 마음속으로 만족해하며 편안해하던 표정을.

나는 잊을 수 없다. 그렇게 많은 자원봉사자들이 어떤 일이든 모두 기꺼이 해내던 모습을.

나는 잊을 수 없다. 그 일본인 자원봉사자가 한쪽 무릎을 꿇은 채 걸인의 손을 꼭 잡아주던 모습을.

비록 인간의 비참한 일면을 보았지만, 나는 이토록 아주 선량한 사람들을 아직까지 본 적이 없다. 테레사 수녀의 가장 큰 공헌은 바로 따뜻한 관심과 사랑을 인간의 가장 어두운 구석까지 인도했다는 것이다. 우리가 더욱 감사해야 할 것은 그녀가 많은 이들을 감동시켰고, 그 많은 이들이 그로 인해 더욱 선량한 사람으로 거듭났다는 사실이다. 나도 모름지기 그들 중에 한 명이다.

높은 담을 헐어버리자

테레사 수녀가 반드시 높은 담 밖으로 나갈 필요는 없었을 것이다.

재단을 하나 설립해 직원을 몇 명 고용하고, 컴퓨터와 대중매체를 이용해서 가난한 사람들을 위해 모금할 수도 있었다. 그런 다음 누군가를 통해서 가난한 사람들에게 돈을 '베풀' 수 있었다.

낮에만 가난한 사람들을 돌보고, 저녁에는 늘 하던 대로 수녀원으로 돌아와 유럽식의 편안한 생활을 누릴 수도 있었다.

심지어 일주일에 단 하루만 가난한 사람들에게 봉사하러 가고,

다른 날들은 모두 부자들을 위해 봉사할 수도 있었다.

그러나 스스로 가난한 사람이 되어 직접 그들의 손을 잡아주고 죽어가는 그들과 함께하려 했기 때문에, 더이상 세상의 가난한 사람들이 겪는 참혹한 현실을 회피하지 않을 수 있었다. 그녀는 인도에서 가난한 사람들을 돌본 것에만 그치지 않고 에이즈 환자도 보살폈다. 최근에는 캄보디아에서 많은 사람들이 지뢰 폭발로 인해 장애인이 되었지만 앉을 휠체어가 없었다. 그녀는 직접 가서 그러한 사실을 확인했다.

그녀는 남의 도움 없이 혼자서 빈민굴로 들어가 용감하게 세상 사람들의 비참한 현실을 스스로 짊어졌다.

그녀는 완전히 높은 담 밖으로 나갔다.

우리들 모두는 마음속에 높은 담을 쌓는다. 높은 담 안에서 천국 같은 생활을 하면서 높은 담 밖으로 지옥을 밀어버리려 한다. 이렇게 우리의 삶이 그럴듯하다고 내심 아주 만족하며 인간 세상에 비참함이라고는 없는 듯 가장할 수 있다. 누군가가 굶어죽더라도 우리는 여전히 잘 먹고 잘 마실 수 있다.

높은 담을 헐어버리자. 높은 담을 헐어버리기만 한다면, 우리는 넓은 마음 한 자락을 가질 수 있다.

넓은 마음을 가지면, 우리는 세상의 불행한 사람들을 볼 수 있고, 또한 그들이 "나는 목마르다"고 애원하는 소리를 들을 수 있다.

사람들의 불행을 보았다면, 우리들에게 열렬한 사랑이 생길 수 있다.

열렬한 사랑이 있다면, 우리는 불행한 사람을 위해 봉사를 시작할 수 있다.

불행한 사람을 위해 봉사한다면, 분명 우리는 마음에 상처를 입을 것이다.

그러나 마음의 상처는 마지막에 반드시 마음의 평안을 가져올 것이다.

만일 당신이 그리스도인이라면, 내가 한마디 덧붙이도록 허락해주기를 바란다.

오직 이러한 과정을 거쳐야만 우리는 비로소 영생의 길에 들어갈 수 있다.

1994년 10월 24일 연합보 문예칼럼

뉴트, 왜 나를 죽였어?

작은 마을에서 의사로 일하는 것과 대도시에서 의사로 일하는 것은 언제나 조금 다르다. 대도시에서는 의사들이 오로지 진료만 할 뿐, 환자의 사적인 일을 절대로 물어보지 않는다. 그러나 나는 콜로라도주의 작은 마을에서 일하는 의사이기에 사소한 일까지 참견하지 않을 수 없었다.

며칠 전에 암 말기 환자가 찾아왔다. 그는 마흔두 살의 백인 남성이며, 부모님은 모두 돌아가셨고, 이 작은 마을에 아무런 연고가 없었다. 직장 동료가 그를 데리고 내원했을 때는 병세가 상당히 심각했다. 병원에 온 후 병세는 더욱 악화되었다. 이번이 세번째 병원으로, 이전의 두 번은 워싱턴에 있는 육군병원들에서 치료를 받았다. 이곳의 한 회계회사에서 일을 했기 때문에 지역의 이 작은 병원으로 오게 되었다. 이번에 재발하면 회복하기가 힘들다는 걸 아는 듯 그는 매우 협조적이었다. 고통이 아주 심할 테지만 그는 불평하지 않으려 애썼다. 묵묵히 자신의 통증을 견디는 것 같았다.

그의 이름은 존 케네디로 암살당한 대통령의 이름과 똑같아서 아주 기억하기 쉬웠다.

존은 깨어 있을 때 말이 별로 없었다. 오히려 잠든 후에 늘 잠꼬대를 했다. 그는 항상 '뉴트'라는 이름을 부르면서 "뉴트, 왜 나를 죽였어?"라는 말을 하기도 했다. 좀처럼 흔한 이름은 아니어서, 현재 공화당 하원의장의 이름이 뉴트가 아니었다면 그 이름을 알아채는 게 근본적으로 불가능했을 것이다.

병원에서 환자가 꿈을 꾸며 사람을 죽였다고 하는 말을 들으면 자연히 어느 정도 긴장할 수밖에 없다. 나는 그를 신경쓰지 않으려고 했지만, 다른 동료들도 그 잠꼬대를 듣게 되었다. 모두가 이상한 일이라며 의견이 분분했다.

그렇다고 존에게 직접 물어볼 수 없었다. 쇠약해 보이는 그를 보면 차마 가서 귀찮게 할 수 없었다. 그의 직장 동료 한 명이 매일 병문안을 왔기 때문에 우리는 그에게 물어보기로 결정했다. 직장 동료는 여태껏 존이 뉴트라는 사람을 언급하는 걸 들어본 적이 없다고 했고, 직장에도 뉴트라는 사람은 없다고 했다.

나는 존이 베트남에서 군복무를 했고, 그와 함께 복무했던 친구가 있다는 사실을 알아내고 그 친구를 찾아냈다. 그도 뉴트라는 이름을 들어본 적이 없다고 했고, 존이 위중한 상태라는 소식에 무척 괴로워했다. 그는 주말에 일부러 비행기를 타고 급하게 그를 보러 왔다.

존의 병세는 갈수록 심각해졌다. 나는 이미 병세가 위독함을 고지하는 통지서를 발송했고, 그를 데리고 온 직장 동료에게도 알렸다. 그 동료는 존이 사후의 일을 모두 준비해두었다고 말했다. 유언도 이미 작성해 변호사에게 주었다고 했다. 그래도 다만 그는 뉴트가 누구인지 분명히 해두어야 한다고 생각했다.

그가 존에게 노트가 한 권 있다는 사실을 알고 그것을 가져왔다. 일이 이렇게 된 마당에 존의 프라이버시는 잠시 신경쓰지 않기로 했다. 우리는 노트를 열고서 뉴트라는 이름을 발견했다. 이름 옆에 전화번호가 있었는데, 시카고의 지역번호였다. 다들 내가 전화하도록 떠밀었다. 전화가 연결되고 난 후 상대방이 먼저 그곳이 어딘지를 말했다. "세인트폴교회입니다." 나는 말했다. "뉴트라는 사람을 찾고 있습니다." 살짝 겸연쩍었다. 뉴트라는 이름만 알 뿐 성도 몰랐기 때문이다. 다행히 상대방은 전혀 개의치 않고 뉴트를 연결해주었다. 전화를 돌려받고 난 나는 뉴트가 그 교회의 부목사라는 것을 알게 되었다. 크게 놀랐다. 이 일이 왜 목사와 연결되어 있을까?

"여보세요. 제가 뉴트 목사입니다. 무슨 일이시죠?" 온화한 억양이었다. 그는 어릴 적 이름을 썼는데, 상대방과의 거리를 가깝게 하는 한 방법이었다. 많은 성직자들이 어릴 적 이름을 쓰고 일부러 성은 말하지 않는다.

"실례지만, 존 케네디라는 사람을 아시나요?"

"당연히 알죠. 제 동생인데요. 무슨 일이 있나요? 설마 암이 또 재발한 건 아니겠지요?"

그리하여 나는 내 신분을 밝히고, 존의 병세가 위독하다는 사실을 전했다. 상대방이 환자의 형인 만큼 당연히 그를 보러 올 것 같았다.

뉴트는 그길로 어떻게든 밤 비행기를 타고 내일이면 도착할 수 있게 하겠다고 했다. 나는 살짝 허둥대며 존이 자주 꿈속에서 뉴트의 이름을 외친다고, "왜 나를 죽였어?"라고 말하기도 한다고 그에게 전했다. 뉴트는 내 말을 듣고서 조금도 놀라지 않았다. 단지 전화로는 설명하기 힘들다고 말하며 내일 분명히 이야기할 수 있는 기회가 있을 거라고 했다.

무슨 일일까. 도무지 영문을 모르겠다. 뉴트는 존의 형이고, 말씨가 부드럽고 따뜻한 목사인데, 왜 존은 뉴트가 자신을 죽였다고 했을까? 그리고 왜 뉴트는 이에 대해 반박하지 않는 걸까?

이튿날, 뉴트가 급히 도착했다. 그는 확실히 존과 조금은 닮았다. 행동은 완벽히 성직자의 그것이었다. 대단히 겸손하고 온화했다.

그는 먼저 내게 존의 병세를 물은 후 함께 병실로 들어갔다.

마침 존은 깨어 있었다. 뉴트를 보고 정말 기뻐했다. 뉴트는 존을 껴안으면서 거듭 말했다. "존, 나를 용서해줘!"

다음은 뉴트가 말한 내용이다.

뉴트는 대학 졸업 후 한 생화학회사에서 일했다. 업무 실적이 대단히 뛰어나 1969년에 이미 농약파트 팀장이 되었고, 각종 농약을 제조하는 일의 책임을 맡았다.

상품 중에 '에이전트 오렌지'라고 부르는 농약이 있었는데, 일종의 고엽제였다. 나무에 뿌리면 잎이 바로 떨어진다. 당연히 나중에 잎은 예전처럼 자라난다. 미국 중서부에서는 많은 농부들이 이 약을 썼다. 베트남전쟁이 한창인 때였다. 어느 날, 문득 그는 이런 생각이 들었다. 베트남의 밀림에 고엽제를 뿌리면 그 속에 숨은 북베트남 유격대가 도망갈 곳이 없어져 미국 병사들의 부상과 죽음을 줄일 수 있을 것이라는.

그래서 그는 비망록 한 부를 써서 상관에게 건넸다. 이틀 후 그와 상관은 곧장 비행기를 타고 워싱턴으로 가 국방부 관료들을 만났다. 그들은 제안에 대단한 관심을 보이며 이 일을 절대 기밀에 부치라고 당부했다.

회사는 이때부터 국방부의 유일한 고엽제 공급자가 되었고, 모든 것은 비밀리에 진행되었다. 사람들이 비밀을 알게 되면 언제나 성가신 일들이 생긴다는 걸 익히 알았던 그는 아예 그 일에 관여하지 않았다.

한번은 혼동이 있었는지 공문 하나가 잘못 도착했다. 그에게 오면 안 되는 문서가 책상 위에 버젓이 있었다. 공문을 열어보니 고엽제 생산과 관련된 자료였다. 그러한 비밀 문서를 열람해서는 안 되지만 궁금증을 참을 수 없어 한 페이지씩 읽어내려갔다.

보지 않았으면 그만이었겠지만 문서를 보고 난 그는 크게 놀랐다. 국방부에 납품하는 고엽제의 다이옥신 성분 함량이 보통 농약의 두 배였기 때문이다. 그길로 상관을 만나러 간 그는 이렇게 일렀다. 만약 이 고엽제를 사용하면 미군을 포함해 반드시 누군가는 암에 걸릴 것이라고.

상관은 이 일에 신경쓰지 말라며 그를 타이르면서, 고엽제가 이미 베트남에서 사용되어 그 효과가 아주 좋다고 했다. 군 당국에서 대량으로 구매해 회사에는 엄청난 이익이 생기면서 주가 또한 크게 오르게 됐다고 했다. 회사는 절대로 이런 거래를 놓치지 않는다고도 했다.

동시에 상관은 그에게 넌지시 귀띔했다. 군 당국에서는 잘못을 인정하지 않을 것이고, 만약 이 사실을 공개하려는 것을 알면 미리 손을 쓰는 편이 나을 테니 반드시 그를 암살하려 들 거라고 말이다. 상관의 말은 정말 등골을 오싹하게 만들었다.

이튿날 그는 회사 대표로부터 편지 한 통을 받았다. 회사가 그의 업무 태도에 대단히 만족해 보너스 50만 달러를 지급하기로 결정했다는 내용이었다. 은행에 전화해서 확인해보니 확실히 그의 계좌로 50만 달러가 들어와 있었다.

그렇게 그는 매수당했다. 양심에 걸리는 일이긴 했지만 그 자신이 네이팜탄을 만든 당사자도 아니었고, 50만 달러에 미련이 남기도 했다. 게다가 목숨을 지키기 위해서라도 이 일을 더이상 떠벌리지 않기로 결정했다. 그때는 이 일에 가족이 말려들 수 있다는 생각은 조금도 하지 못했다.

동생이 베트남으로 징집되자 그는 긴장하기 시작했다.

동생은 베트남에서 보낸 편지에서 고엽제를 크게 칭찬했고, 만약 고엽제가 없었더라면 자신은 이미 전사했을 거라고 덧붙였다. 이때 뉴트는 자신의 죄가 아주 무겁다는 것을 깨달았다. 자신의 제안이 결국 친동생을 해치게 된 셈이었다.

그는 바로 일을 그만두었다. 한동안은 자살을 생각했다. 그러다 다행스럽게도 연로한 목사님 한 분을 만나게 되었다. 목사는 그에게 남은 일생 동안 자신의 죄를 깨끗이 씻으라고 타일렀다. 그는 목사로부터 시카고의 빈민가에서 봉사하는 일을 소개받아 그곳으로 갔다. 그는 가난한 사람들을 위해 봉사하는 일을 좋아하게 되었다. 일이 좋아진 김에 끝까지 잘해보자는 생각으로 신학원에 들어가 공부했고 목사가 되었다.

이후 줄곧 그는 빈민가에서 일했고 생활도 완전히 바뀌었다. 과거 젊은 인텔리였던 그는 연인도 매우 많았으며 대단히 사치스러운 생활을 했다. 지금의 그는 독신으로 살기로 결정하고서 아주

소박한 삶을 영위하고 있다.

동생의 암 발병은 예상했던 일이다. 많은 미군들이 암에 걸렸고, 그 모든 원인은 고엽제였다. 줄곧 동생에게 사건의 진실을 알리고 싶었지만 말을 꺼낼 수가 없었다.

단 하나 이해할 수 없는 점은, 고엽제 사용을 건의한 당사자가 그라는 사실을 동생이 무슨 수로 알았을까 하는 것이다.

존은 우연히 알게 되었다고 했다. 고엽제 때문에 암에 걸려 베트남전쟁에서 퇴역한 군인 삼천여 명이 함께 연합해 정부를 상대로 소송한 일이 있었다. 존이 사건의 진상을 밝히는 책임을 맡았고, 그로 인해 군 당국에 건의한 사람이 바로 자신의 형임을 알아냈다. 사실을 알고 난 존은 더이상 소송에 관여하지 않기로 했다. 그리고 그후 바람둥이였던 형이 변화해 가난한 사람들을 위해 봉사하는 목사가 된 것을 알게 되었다. 존은 그 원인을 추측한 끝에 이성적으로 마땅히 형을 용서해야 된다고 생각했다.

그 때문에 존은 꿈속에서만 "왜 나를 죽였어?"라고 물어볼 수밖에 없었다. 이성적으로는 형을 용서했더라도 잠재의식 속에는 여전히 원망이 남아 있음을 알 수 있었다.

존은 이미 자신이 위독한 것을 알았기에 마침 형을 찾을 생각이었다고 말했다.

뉴트는 몇 번이나 자신이 비겁한 사람임을 인정하면서 이미 과거의 잘못을 뉘우쳤다는 점을 우리들이 거듭 알아주기를 바랐다.

그는 이미 전 재산을 가난한 사람들에게 기부하기도 했다.

자신이 겁쟁이라고 여러 번 말하는 뉴트에게 존이 갑자기 말했다.

"뉴트, 다시는 겁쟁이라는 말 꺼내지 마. 나야말로 영락없는 겁쟁이야."

우리 모두가 크게 놀랐지만 그 말뜻을 이해하지는 못했다. 다음은 존의 이야기다.

베트남에서 전투를 벌일 때 종종 마을을 공격해야만 했다. 마을 안에 유격대가 있을지도 모르기 때문이었다. 소대장이었던 존이 매번 무전기로 공군 지원을 요청했다. 언제나 그가 공군에게 네이팜탄을 떨어뜨리라고 요구했고, 폭탄은 초막집을 모조리 불태웠을 뿐만 아니라 대부분의 마을 사람들도 무참히 타 죽게 했다.

하지만 결국에는 마을 사람 모두가 늙고 힘없는 노인과 부녀자, 어린이라는 사실을 알게 되었다. 장정의 시신은 단 한 구도 없었다. 그는 이렇게 네이팜탄을 떨어뜨리라는 요구를 마땅히 그만두어야 했지만, 아군의 안전을 위해 적이 있든 없든 모두 폭탄을 떨어뜨렸다. 폭탄이 내뿜는 휘발유가 옮겨붙기도 해서 많은 사람들이 연못 속으로 뛰어들었다. 어떤 때는 연못 전체도 불에 타버렸다.

한번은 아이를 안고 죽어가는 엄마의 모습을 목격한 적이 있었다. 아이는 이미 죽었고 엄마는 여전히 불에 타고 있었다. 그럼에도 불구하고 그녀는 여전히 아이를 꼭 안고 있었다.

폭탄이 사람을 무참히 태워 죽이는 기억은 전쟁 후에도 언제나 그를 따라다녔고, 그는 절대로 결혼을 하지 않기로 결정했다. 그토록 많은 무고한 사람들을 죽였기에 가족의 즐거움을 누릴 자격이 없다고 느꼈기 때문이다.

만약 누가 겁쟁이인가 묻는다면, 그 자신이 바로 그 겁쟁이일 것이다. 그리고 죄가 가장 무거운 사람일 것이다.

존은 힘겹게 말을 했다. 그리고 병실 안에는 사람을 불안하게 만드는 일종의 고요함이 흘렀다. 한동안 우리들 중 어느 누구도 말을 꺼낼 수 없었다. 몇 분 후 역시 존이 그 침묵을 깼다. "뉴트, 형은 목사이니까 나를 위해 임종 기도를 해줘!" 뉴트가 눈빛으로 내 의견을 물어오기에 나는 고개를 끄덕였다. 내 경험으로 미루어 보아 어떤 사람이든 이렇게 회개하는 말을 꺼낸 후에는 머지않아 우리를 떠나게 된다.

그날 오후, 존은 평안하게 떠났다. 뉴트는 줄곧 그 옆에 있었다. 우리 두 사람은 측정기에서 심박수가 완전히 멈출 때까지 지켜보고 있었다. 뉴트는 내게 고맙다고 했다. 한편으로는 감정이 북받치는 듯 말했다. "선생님, 나와 내 동생은 사람을 죽이려는 생각은 한 번도 해본 적이 없어요. 우리도 한때 의사가 되고 싶었어요. 오로지 사람을 살리는 일을 하고 싶었어요."

그날, 집으로 돌아와서 심한 한기를 느꼈다. 전쟁에서 가장 큰 공포는 무고한 사람들이 죽어가는 것이라고 나는 늘 생각했었다.

하지만 전쟁에서 가장 큰 공포는 선한 사람들을 살인자로 변하게
하는 것이라는 점을, 오늘에야 비로소 알게 되었다.

1995년 1월 10일 연합보 문예칼럼

먼 곳에서 온 아이

나는 대학의 역사학과 교수로서 설령 어떠한 행정 직무를 겸하지 않더라도 각종 교내외 회의에 참석해야 한다. 그러다 올해 마침내 일 년간 휴가를 얻었다. 휴가 장소로 프린스턴대학교를 선택했다.

막 도착했을 때는 마침 여름방학이었다. 계절학기 수업을 듣는 학생들이 몇몇 있었지만 학교 안은 여전히 한산한 모습이었다. 내게는 천국과 같았다. 종종 캠퍼스 안을 산책하며 교정의 고요함을 즐길 수 있었다.

바로 그때 그 아이를 보았다. 열서너 살 정도 되어 보이는 아이는 피부가 까맸다. 중남미에서 온 것을 알 수 있었다. 티셔츠를 입은 아이는 캠퍼스 안을 한가롭게 돌아다녔다. 아이가 언제나 혼자 다닌다는 점이 조금 이해되지 않았다. 미국에 개인주의가 만연하지만, 그렇다고 결코 고독주의를 권하는 것은 아니다. 청소년은 언제나 또래의 친구들을 끌어들여 함께 다닌다. 이 아이처럼 언제나 혼자서 하릴없이 돌아다니는 모습은 여태껏 본 적이 없다.

캠퍼스뿐만 아니라 도서관, 학생식당, 심지어 서점에서도 그 아이를 보았다. 호기심을 가지고 아이를 주의깊게 살펴보게 됐다. 아이는 언제나 혼자일 뿐만 아니라 언제나 관찰자였다. 그 아이의 입장에서 보면, 사람들이 밥을 먹고 도서관에 가는 모습들이 전부 관찰할 만한 가치가 있는 것 같았다. 하지만 아이는 오직 관찰만 하지 지금까지 참여한 적은 없다. 가령 나는 한 번도 그 아이가 줄을 서서 밥을 사 먹는 모습을 보지 못했다.

한번은 뉴욕에 갔을 때도, 엠파이어스테이트빌딩 꼭대기에서 갑자기 그 아이를 다시 마주쳤다. 이번에는 그 아이가 나를 향해 하얀 치아를 내보이며 웃었다. 그날 밤, 지하철 안에서 그 아이를 또 한번 보았다. 아이는 내 뒤에 앉았고 칸에는 우리 둘밖에 없었다.

나는 불가사의한 기운을 느끼기 시작했다. 아이는 왜 항상 나를 따라다니는 걸까?

가을이 왔고 프린스턴 캠퍼스 안의 나뭇잎들은 하룻밤 사이에 황금색으로 바뀌었다. 미국 동부의 가을 경치 때문에 나는 캠퍼스 안을 산책하는 일이 더욱 좋아졌다. 아름다움은 사람을 취하게 만들었다. 하지만 그 남자아이가 여전히 캠퍼스 안을 한가로이 돌아다닌다는 것이 도무지 이해되지 않았다. 단 하나 바뀐 점이라곤 아이가 재킷을 입었다는 것이다. 중학교는 이미 개학을 했을 터였다. 아이는 학교를 다니지 않는 걸까? 그렇다면 왜 일하러 가지 않는 걸까?

어느 날, 막 도서관에 들어가려고 할 때 다시 그 아이를 보았다. 도서관 앞 기둥에 비스듬히 기대서 있었는데, 마치 나를 기다리는 것 같았다. 나도 모르게 혼잣말을 내뱉었다. "무슨 꿍꿍이지? 이 아이는 도대체 누굴까? 왜 계속 여기에 있는 거지?"

아이가 대답하리라고는 생각도 못했다. 아이가 말했다. "교수님, 제가 누군지 알고 싶어요? 저를 따라 도서관으로 들어오세요. 제가 누군지 알려드릴 수 있어요." 그 아이가 중국어로 대답하는 바람에 나는 크게 놀랐다. 아이는 대답을 하고는 거들먹거리는 자세로 나를 이끌고 자료 검색용 컴퓨터 앞으로 데리고 갔다.

나는 아이의 지시에 따라 멀티미디어 컴퓨터 시스템을 사용하기 시작했다. 몇 차례 검색한 후에 그 남자아이는 내게 자료를 찾았다고 했다. 한 영상이었다. 나는 버튼을 눌러 영상을 재생시켰다. 본 적이 있는 비디오 영상이었다. 작년에 근무했던 대학교에서 '월드비전 기아체험'이라는 활동을 개최했다. 주최기관이 월드비전으로부터 비디오테이프를 빌려와 방영했다. 그 안에 기록된 것은 세계 각지 가난한 청소년들의 비참한 상황이었다. 대부분은 아프리카와 중남미 지역에서 찍은 장면들이었다. 그후로 TV에서 한번 더 보았으니, 이날로 영상을 세번째 보는 것이었다.

마음을 아프게 하는 영상 가운데, 한 거지 소년의 모습이 가장 인상 깊었다. 어느 다리 위에 앉아 있던 소년은 길 가는 사람들을 향해 수시로 머리를 조아렸다. 사실대로 말하자면, 이 영상을 두 번이나 봤었지만 다른 장면은 모두 기억하지 못했다. 하지만 그 소년이 쉬지 않고 머리를 조아리는 장면만큼은 줄곧 기억에 남았다.

대략 오 분이 지난 후 그 거지 소년이 머리를 조아리는 장면이 나왔고, 내 옆의 아이는 내게 영상을 잠시 멈춰보라고 했다. 화면에는 그 작은 거지의 옆모습이 정지된 채 떠 있었다. 그러고서 아이는 화면을 부분적으로 확대해 그 작은 거지의 옆모습을 아주 잘 보이게 해달라고 했다.

그 아이가 말했다. "이게 저예요."

나는 고개를 들어 건강하고 환하게 웃는 한 아이를 보았다. 거지 소년에게 이렇게나 큰 변화가 있었다고는 믿을 수 없었다.

"어떻게 완전히 다른 사람이 됐니?"

아이가 설명해주었다. "월드비전이 브라질에서 이 다큐멘터리 영화를 찍고 난 후, 브라질 길거리에 수만 명의 유랑 청소년들이 있다는 것을 전 세계가 알게 되었어요. 브라질 정부는 몹시 화가 나 대도시의 우리 같은 거지 소년들에 대해 대대적인 단속을 했어요. 경찰들은 우리를 매우 증오했어요. 늘 우리를 흠씬 두들겨팼을 뿐만 아니라 황량한 들판으로 끌고 가 내쫓아버렸지요. 우리는 도시로 돌아갈 수 없었고, 많은 어린아이들이 들판에서 굶어죽거나 아니면 얼어죽었어요.

그러던 어느 날, 갑자기 많은 경찰들이 다리 양쪽 끝에서 걸어오는 걸 봤어요. 한 아이가 그들에게 다리 중간으로 끌려가 심하게 두들겨맞는 걸 보았죠. 그때 내겐 오직 한길밖에 없었어요. 바로 다리 위에서 뛰어내리는 거요."

나는 깜짝 놀랐다. "설마 너 이미 이 세상을 떠난 거니?"

아이는 고개를 끄덕였다. "맞아요. 지금 제 영혼과 교수님의 영혼이 대화하는 거예요. 이 몸은 단지 형상일 뿐 실체가 아니에요. 살아 있을 때 줄곧 이런 건강한 몸을 가진 사람들을 부러워했어요. 그래서 이런 몸을 선택했어요. 교수님은 저를 만질 수 없어요. 다른 사람은 저를 볼 수도 없고 우리의 목소리를 들을 수도 없어요. 왜냐하면 영혼의 대화는 소리가 없기 때문이죠. 혹시 제 입술과 교수님의 입술이 움직이지 않는 걸 눈치채지 못하셨나요? 저는 사실 중국어를 못해요. 하지만 교수님은 제가 중국어를 한다고 생각하는 거예요."

나는 마침내 이해가 갔다. 어쩐지 그 아이가 여태껏 한 번도 밥을 먹지 않더라니. 지금 생각해보니 그 아이가 문을 여는 모습도 보지 못했다.

한 영혼과 대화를 하고 있었지만 전혀 무섭지 않았다. 그 아이는 매우 다정하고 내게 해를 끼칠 것 같지 않았다. "왜 나를 선택했니?"

"먼저 이 컴퓨터를 끄세요. 그리고 밖으로 나가서 이야기해요."

우리는 캠퍼스를 벗어나 어느 산골짜기까지 걸어갔다. 산골짜기 안에는 연못이 하나 있었다. 산골짜기와 연못 안에는 북쪽에서 날아온 야생 오리로 가득했고 우리는 풀밭을 찾아서 앉았다.

"이 세상을 떠난 후 저는 마침내 고통이 없고 슬픔도 없는 곳으로 갔어요. 가난한 사람들을 얼마나 많이 만났는지 몰라요. 그 사람들과 함께 이야기를 나눈 후 모두들 저를 추천해서 교수님을 찾아왔어요. 당신은 역사학자예요. 의식하고 계실지 모르겠지만 우리 인류의 역사에는 언제나 왕후장상의 기록만 있지, 결코 우리 같은 가난한 사람들의 이야기는 기록되지 않았어요. 당신들을 탓할 수도 없어요. 결국 역사를 쓴 사람들은 가난한 사람이 아니니까요. 당신들은 우리의 존재를 전혀 알지 못해요. 당연히 우리의 눈으로 세상을 볼 수도 없는 거죠.

세계의 모든 역사박물관에는 오직 황제, 공작, 대주교 같은 사람들의 행적만 전시하고 있어요. 제가 전 세계에서 찾아봤는데, 우리 가난한 사람들을 묘사한 그림은 한두 점밖에 없었어요. 나폴레옹은 전쟁광이었어요. 수백만 명의 사람들을 집 없는 고아와 과부로 만들었죠. 하지만 박물관에는 그의 업적이 전시되어 있어요.

중국 역사 가운데 유명한 정관의 치* 바로 직전 그 짧은 몇십 년 동안, 전란으로 백성들은 10분의 1밖에 남지 않았죠. 나머지 백성들은 굶어죽었지만 당신들은 역사교과서에서조차 이렇게 큰 사건을 간단히 언급만 하고 지나갔죠.

최근에 〈내셔널 지오그래픽〉을 보기 시작했어요. 잡지에서 묘사된 지구는 더없이 아름다운 곳이에요. 언제나 그들이 인도를 소개할 때면, 대리석으로 만들어진 그 궁전을 보여줘요. 인도 도시 안의 쓰레깃더미와 그 옆에서 하루하루 살아가는 가난한 사람들의 사진은 한 장도 찍으려 하지 않죠. 리우데자네이루를 소개할 때는 해변에서 수영하는 사람들을 보여주면서, 길거리에서 노숙하는 수많은 아이들은 언급하지 않죠.

당신은 아마 이 캠퍼스가 정말 아름답다고 생각할 거예요. 우리가 앉아 있는 곳은 더 아름다워요. 하지만 세상이 정말 이렇게 아름다울까요? 여기서 차를 몰고 한 시간만 가면 뉴저지주의 트렌턴 시에 도착할 수 있어요. 그 도시에서는 열두 살 흑인 아이가 마약을 팔다가 원한을 사서 죽기도 해요. 만약 그 아이가 가난하지 않았다면 열두 살 나이로 마약을 팔러 나섰을까요?

우리같이 죽은 가난뱅이들은 한 가지 같은 생각을 가지고 있어요. 역사가 우리처럼 가난한 사람들의 일을 기록하지 않는다면, 역사학자가 가난한 사람들의 눈으로 역사를 쓰지 않는다면, 인류

---

* 중국 당나라 제2대 왕 태종 이세민(李世民)의 치세(626~649). 중국 역사상 가장 번영했던 시대 가운데 하나.

의 빈곤은 영원히 없어지지 않으리라는 거예요.

우리는 교수님이 역사 쓰는 법을 바꿔주길 원해요. 역사에 인류의 빈곤이 충실하게 기록되도록 말이죠. 북쪽에서 온 이런 야생 오리들에게도 누군가는 관심을 가지는데, 왜 가난한 사람들에겐 아무도 관심을 가지지 않는 거죠?"

나는 상황을 이해했다. 하지만 여전히 호기심이 남았다. "이 세상에 역사학자들은 셀 수 없이 많은데, 왜 나를 선택하게 되었지?"

"가난한 사람들이 교수님에게 믿음이 갔기 때문이죠. 당신이 가난한 사람들을 동정해서 계층 간의 싸움을 일으키지 않으리라 확신했죠. 우리들은 사람들이 더 많은 사랑과 관심을 가져주길 바랄 뿐이에요. 어떠한 계층 간의 원한을 또다시 보고 싶지는 않아요."

나는 고개를 끄덕여 아이의 요청을 승낙했다. 아이는 손짓으로 고마움을 표시했다. 그러고선 내게 학교 방향으로 걸어가면서 뒤돌아보지 말라고 했다. 아이는 노랫소리와 함께 바로 사라질 것이다.

잠깐 동안 피리 소리가 들리더니 이어 한 남자아이의 처량한 노랫소리가 들려왔다. 나는 대학생 시절에 '산간지역 봉사단'에 참가했었는데, 마침 인연이 닿아서 한 원주민의 장례식에 참가한 적이 있었다. 장례식 도중에 그와 비슷한 처량한 노랫소리를 들은 기억이 있다.

몇 분 후, 노랫소리에 여자아이의 목소리가 섞여들었다. 마침내 많은 이들의 목소리가 더해져 대합창의 노랫소리가 사방팔방에서 내 머릿속으로 전해져왔다. 비록 가사를 알아듣지 못했지만 노래하는 이들이 모두 가난한 사람인 건 알았다. 그들은 어떻게 해서든 방법을 강구해, 우리가 보는 것처럼 이 세계가 그리 아름답지는 않다는 것을 내게 알려주려 했다. 나는 지금 가을 햇볕이 뜨겁게 내리쬐는 평온한 캠퍼스에서 산책을 하고 있다. 나의 세계는 행복하고 또한 아름답다. 하지만 이 시각에도 세계의 많은 가난한 사람들은 매우 비참하게 생활한다. 단지 나는 그들을 보고 싶지 않을 뿐이다. 나는 알고 있다. 이날 이후 내가 세상에 살아 있는 한, 밤이 깊어 고요할 때마다 늘 이런 노랫소리를 들을 수 있으리라는 것을.

서기 2100년, 세계역사학회는 브라질의 리우데자네이루에서 회의를 연다. 이번 회의에는 특별한 주제가 하나 있다. 참가한 학자들은 서거 백 주년이 된 한 역사학자에게 경의를 표하려고 한다. 이 대만 출신 학자의 큰 용기로 인류의 역사는 더이상 왕후장상의 변천을 기록하지 않고, 모든 인류의 생활을 충실히 반영할 수 있게 되었다. 그리하여 역사는 인류의 빈곤 문제를 기록하기 시작했고, 역사문물박물관에서도 불행한 인류의 비통한 상황을 전시하기 시작했다.

이 역사학자는 인류의 양심에도 커다란 경각심을 불러일으켰다. 많은 이들이 다시는 가난한 사람들에 대해 무관심하지 않으리라 결심했고, 또한 양심의 각성으로 각국의 정부들은 모든 방법을 총동원해 빈곤을 해소했다. 이 역사학자는 역사를 쓰는 방법을 바꿨을 뿐만 아니라, 인류의 역사를 고쳐 썼다.

1995년 2월 17일 연합보 문예칼럼

숫자에 대한 정확한 인식

왕王씨가 세상을 떠났다. 신문을 보고서야 알게 되었다. 왕씨는 경영학과 동기였다. 졸업 후 우리 둘은 억만장자가 되었고 자주 만났다. 가끔은 서로를 치켜세우곤 했는데 억만금의 재산이 있는 사람은 흔치 않으니 그럴 법도 했다.

왕씨는 나와 자신 사이에 한 가지 공통점이 있다고 말했다. 바로 우리가 숫자에 매우 민감하다는 것. 그렇기 때문에 우리는 미국금리가 상승할지, 호주달러의 가치가 하락할지 예측할 수 있었다. 공장을 설립할 때 자금을 얼마나 투자해야 하는지, 은행에서 어느 정도 대출해야 하는지는 더욱 빠삭했다. 솔직히 말하자면, 이러한 일은 어느 정도 타고난 재능이 있어야 가능하다. 소위 재무 전문가를 여러 명 고용해서 다양한 컴퓨터 프로그램을 사용하는 사람들을 자주 봐왔다. 나와 왕씨는 경험과 직관만으로 재무 전문가용 프로그램을 수월하게 따라잡았다.

최근에는 그와 만나는 일이 매우 드물었다. 듣기로는 그가 돈 버는 일에 흥미를 잃어버렸다고 했다. 나는 여전히 사업으로 바빠서 그를 직접 찾아가 자초지종을 물어볼 시간이 없었다.

왕씨의 추모회는 그의 아들에 의해 치러졌다. 나와 아내는 추모회 자리에 앉았다. 강당의 첫째 줄은 가족이 앉도록 남겨져 있었고, 그 뒤 두 줄에 '은인석'이라 적혀 있는 것을 발견했다. 나는 이리저리 생각해보았으나, 왕씨에게 어떤 은인이 있는지 떠오르지 않았다. 그처럼 큰돈을 번 사람에게는 '원수석' 같은 좌석이 있어야 할 것이다.

행사가 시작되기 전, 스쿨버스 한 대가 도착했다. 선생님 몇 명이 학생들을 데리고 차에서 내렸다. 왕씨의 아들이 황급히 가서 맞이했다. 그 선생님들과 학생들이 으쓱대며 은인석에 들어가 앉는 광경을 보고 모두들 의아해했다.

의혹은 마침내 풀렸다. 추모회에서 가장 인상 깊었던 부분은, 왕씨가 생전에 남긴 녹음이었다. 그가 병상에 있을 때 자신의 노년 이야기를 녹음한 것이었다. 지금 내가 기억하는 데까지 왕씨의 서술을 기록하자면 다음과 같다.

일 년 전 어느 날, 타이베이 길거리에서 신호등이 녹색으로 바꿰길 기다리는데, 갑자기 한 어린아이가 어리둥절한 얼굴로 빨간 불에 지나가는 것을 발견했다. 교통대란이 벌어졌다. 자동차들이 긴박하게 브레이크를 밟는 소리가 이어져 그 어린아이가 깜짝 놀랐다. 하지만 아이는 여전히 앞으로 가려는 것 같았다. 나는 어쩔 수 없이 달려나가 아이를 한 손으로 끌어당겼다.

아이는 내 손을 꼭 잡고 놓지 않았다. 이름을 물어보았지만 원했던 답이 돌아오지 않았다. 집이 어디인지도 물어볼 수 없었다. 내 운전기사와 상의해 나는 그 아이를 근처 파출소에 데려가기로 결정했다.

파출소의 경찰이 알려주길, 지적장애인센터에서 전화가 왔었는데 지적장애 아동 하나가 실종되었다고 했다. 경찰은 아이의 이름을 받아두었고, 인적사항을 비교해보니, 과연 그 아이가 맞았다. 나는 센터 책임자에게 전화를 걸어서 아이를 찾았다고 알려주었다. 그곳 사람은 대단히 기뻐했다.

아이는 여전히 내 손을 잡고서 놓지 않은 상태였다. 마침 바쁘지 않아 아이를 센터까지 데려다주기로 결정했다.

그 이후로 나는 그 지적장애인센터의 귀빈이 되었다. 내가 그곳에 자주 발을 들인 건 순전히 내 이기적인 마음에서였다. 우리처럼 돈 있는 사람은 평생 남에 대해 이것저것 의심한다. 누군가 내게 잘해주면, 내 돈을 보고 달려든 것이라고 의심한다. 하지만 센터의 아이들은 내가 어떤 사람인지 결코 알지 못한다. 가장 위안이 되는 점은 센터의 선생님들이 나를 보통 사람으로 봐주는 것이었다. 센터에서 봉사활동을 하는 사람은 많았다. 많은 사람들이 분명히 나를 알아봤지만 어느 누구도 알은체를 하지 않았다.

센터가 정부의 보조를 받고 있긴 하지만, 많은 선생님들을 초빙해야 하는 까닭으로 지출이 매우 크다는 점을 알게 되었다. 나는 그들에게 큰돈을 보내기로 결정했다. 하지만 책임자가 돈을 받으려 하지 않으리라고는 예상하지 못했다. 그는 돈이 필요한 공익단체가 매우 많다고 말하면서, 너무 큰 돈은 받지 않는 것이 원칙이라고 했다. 때문에 그는 건넨 돈의 반만 받고자 했다. 그러고선 나머지 반은 다른 단체에 기부하라고 권했다.

어떤 이는 돈이 너무 많다고 느낄 수 있다는 것을 나는 그 일을 계기로 처음 알게 되었다. 예전에는 한 번도 그런 생각을 해본 적이 없었다.

어느 날, 한 어린아이가 웃으며 자신들이 심은 화분을 모두 팔았다고 했다. 말이 나온 김에 그 아이에게 물었다. "화분 한 개당 얼마였어?" 어린아이는 "1위안이에요"라고 뜻밖의 대답을 했다. 옆의 선생님 한 분이 난감해하는 표정을 지으며 이곳 아이들의 지능지수는 유치원생 수준 정도라고 알려주었다. 많은 지적장애 아이들 매우 총명한 얼굴을 하고 있지만, 때로는 어떠한 문제가 있는지 알아낼 수 없기에 숫자와 관련된 질문을 해보는 것이 가장 좋은 방법이라고 했다. 믿지 못하겠다면 아이에게 나이를 물어봐도 좋다고 했다. 과연 그 아이는 지금 세 살이라고 말했다.

그 선생님은 또 덧붙였다. "왕선생님, 모든 사람이 선생님처럼 숫자에 대한 개념을 갖고 있는 게 아닙니다. 이 아이가 숫자에 대해 아무것도 모르는 것 같지만, 사실 우리 같은 사람들도 어떻게 돈을 버는지 모릅니다. 사람들이 기부해주는 돈을 은행에 둘 줄만 알지요."

그날 저녁, 회사 대표가 내게 최근 업무 실적을 보여주었다. 한 달 사이에 또 몇백만 위안을 벌었다. 내가 번 이 돈이 어떤 의미가 있는가? 회의가 들기 시작했다.

돈이 없는 사람에게 수입을 창출하는 일은 안정감을 줄 수 있다. 그러나 내게는 그 어떤 의미도 없다고 할 수 있다. 내 또래의 사람들은 여전히 계속해서 몇백만 위안을 더 벌려고 한다. 누군가 내게 숫자에 대한 개념이 있다고 말했지만, 나야말로 숫자에 대해 정확한 인식이 전혀 없다는 것을 느낀다. 이렇게 많은 돈을 벌었는데, 여전히 악을 쓰며 돈을 더 벌려고 한다. 나와 그 지적장애 아이들은 별반 다를 것이 없다.

하나밖에 없는 내 아들은 장래가 아주 촉망되니 재산을 물려받을 필요가 없다. 나는 푼돈만 남겨주고 나머지 돈으로 재단을 설립했다. 모든 재산을 재단에 기부한 뒤 본격적인 자선사업을 벌였다. 그해에 내가 사회에서 번 돈을 다시 사회로 되돌려 보냈다.

나는 지금에서야 숫자에 정확한 인식이 생겼음을 자각했다.

추모회가 끝난 후 나와 아내는 자동차로 돌아왔다. 핸드폰이 울렸다. 회사 대표가 매우 기뻐하며 홍콩에서 큰 거래가 성사되었다고 알려주었다. 또 천만 위안을 벌었다.

　차창 밖으로는 사방에 구름 한 점 없다. 아주 맑은 날이다. 기온은 틀림없이 섭씨 34도 정도일 것이다. 내 운전기사 이季군은 컨딩 일대에서 성장한 젊은이다. 나는 갑자기 기발한 생각이 떠올라 그에게 물었다. "이군, 자네 해수욕장에 가서 수영하고 싶지 않은가?" 이군은 깜짝 놀라며 어떻게 대답해야 좋을지 몰라했다. 오늘 출근하지 않을 테니 자네 수영이나 실컷 하라고 내가 말하자 그는 수영을 즐길 수 있게 되어 연신 감사하다고 했다. 그러면서 우리를 집으로 데려다준 후 오토바이를 몰아 단수이淡水에 갈 거라고 말했다. 나는 그 젊은 청년이 러닝셔츠와 반바지 차림으로 오토바이를 타는 활기찬 모습을 상상할 수 있었다.

　나는 이군에게 차를 멈춰달라고 부탁했다. 그리고 아내와 차에서 내렸다. 아내와 한가로이 돌아다니면서 식당을 찾아 점심을 먹으려 했다. 이군이 얼떨떨해하며 떠나려 할 때, 나는 앞쪽의 차창을 두드리며 자동차 앞쪽 글로브박스 안에 그의 수영복이 있다는 걸 알은체했다. 나는 그가 늘 그곳에 수영복을 보관한다는 걸 일찌감치 알아챘다. 그리고 수영 마니아여서 언제 어디서나 수영하러 갈 기회를 찾는다는 것도 알고 있었다. 이군은 내게 자신의 비밀이 들통나 매우 부끄러워했다.

　나와 아내는 우육면을 먹을 수 있는 한 가게를 찾았다. 주인장이 어떤 크기의 그릇에 먹을지 물었다. 우리는 작은 그릇으로 부탁하고 반찬 한 접시를 더 주문했다.

　아내가 말했다. "영감, 우리가 많이도 못 먹고 이 작은 그릇에 음식을 먹는 마당에 돈은 악착같이 벌기만 하네요. 이렇게 많은 돈을 버는 게 무슨 쓸모가 있어요? 많이 먹지도 못하는 사람들이."

　아내의 말에 달리 대답하지 않았다. 아내는 내가 재산을 어떻게 처리할지 안다. 나는 왕씨와 같이 숫자에 대해 정확한 인식을 가졌다. 내가 벌어들인 돈을 정확하게 처리할 수 있다. 돈은 난 곳으로 돌아가야 한다.

1995년 4월 16일 연합보 문예칼럼

나의 집

　사범대학을 졸업한 후 첫번째 교생 실습에 나가 시골 학교의 선생님이 되었다. 나처럼 도시에서 자란 사람들에게 시골이란 그야말로 천국이다. 공기는 언제나 신선하고 하늘은 항상 쪽빛이며, 시냇물 또한 늘 깨끗하다. 그래서 매일 수업을 마치면 바로 밖으로 나가서 마을의 오솔길을 따라 산책을 했다.

　산책을 할 때면, 장난치며 놀고 있는 아이들을 만나곤 한다. 나는 서로 사이가 좋아 보이는 몇몇 아이들을 발견했다. 그 아이들은 내게 인사를 하고서 자신들을 도와달라고 적극적으로 부탁했다.

　그 아이들의 공이 작은 시내 가운데 있는 바위 위에 떨어진 것이다. 이 꼬맹이들은 물에 빠질까봐 감히 주우러 가지 못했다. 내가 지나가자 한 꼬맹이가 나를 삼촌이라고 부르며 그 공을 주워달라고 부탁했다. 나는 위험을 무릅쓰고 공을 주워서 아이들에게 주었다. 아이들은 아주 기뻐했다.

다음에는 문제가 더 심각했다. 아이들의 공이 거대한 용수나무 아래로 굴러갔다. 마침 그곳에 큰 황구 한 마리가 누워 있었다. 꼬맹이들은 큰 개를 보고 어느 누구도 감히 공을 주우러 가지 못했다. 내가 마침 지나가는 길이어서 이번에도 공을 줍는 일이 내 몫이 됐다. 용기를 내어 나무 쪽으로 걸어갔다. 동시에 다정한 눈빛으로 그 큰 개를 바라보았다. 개는 나를 보고 짖지도 않고 오히려 꼬리를 흔들며 다가왔다. 내가 공을 그 장난꾸러기들에게 던져주자 아이들은 영웅처럼 나를 환영해주었다.

아동심리학을 배운 적이 있다. 당시에 나는 이런 아이들이라면 분명 상당히 행복한 가정에서 태어났기 때문에 모르는 사람에게 이처럼 친절할 수 있는 거라고 생각했다. 불우한 가정의 아이들은 대부분 사람을 크게 신뢰하지 않기에 절대로 모르는 이에게 자신들을 대신해 공을 주워달라고 부탁하지 못할 거라고 말이다.

아이들이 우호적으로 다가오니 나 역시 적극적으로 그 아이들에게 어디에 사는지 물어보았다. 아이들은 이구동성으로 자신들과 함께 집으로 가자고 했다. 아이들을 따라가는 내내 잘못 걸려들었다는 것을 깨달았다. 왜냐하면 그중 가장 작은 아이를 내가 업어야 했기 때문이다.

뜻밖에도 아이들은 고아원에 살고 있었다. 요즘은 고아원이라고 부르지 않고 아동센터라고 한다. 센터 안으로 들어가자 아이들은 순식간에 흩어져 다른 아이들과 정신없이 뛰어다녔다.

수녀 한 분이 내게 인사를 건네며 아이들과 놀아줘서 고맙다고 했다. 잠시 후 가장 어린 그 아이가 나타났다. 아이는 내 손을 잡아끌고 가서 자신의 침실을 보여주었다. 아직 유치원생이었기 때문에 침대 시트를 비롯한 아이의 물건들에 동물이나 만화 주인공의 그림이 그려져 있었다. 아이는 작은 상자도 가지고 있었는데, 그 안에는 보물들을 보관해두었다.

그 짧은 순간에, 내 바지 주머니 안에 유리구슬 두 알과 작은 돌멩이 네 개, 지렁이 한 마리가 들어 있는 걸 발견했다.

마침내 아동센터 안에서 생활하는 아이들이 어떻게 변함없이 행복해하고, 게다가 낯선 사람에게 이처럼 다정할 수 있는지 이해하게 되었다. 이유는 간단했다. 아이들이 만난 이들은 모두 좋은 사람이었다. 아이들은 만약 자신들에게 무슨 문제가 생기면 우리 같은 사람들이 언제나 도와줄 것을 안다. 우리가 그 아이들의 가족은 아니지만 아이들은 오히려 우리를 늘 가족으로 여겼다. 아이가 병이 나면 나는 붙잡혀서 차를 몰아 병원에 데려갔고, 아이가 성적이 좋지 않으면, 나는 또 붙들려 가정교사 노릇을 했다. 아이들도 모두 우리를 매우 존중했다. 우리 같은 삼촌, 아저씨, 이모들은 수시로 아이들을 보듬어주었지만 언제든 참견하기도 했다. 수녀님들은 우리보다 더 권위가 있었다. 아이들은 무슨 일이든 모두 수녀님을 찾았고, 진심으로 수녀님의 훈계와 가르침을 받아들였다.

실습이 끝난 후, 타이베이시로 돌아와 한 중학교에서 일을 시작했다. 학생들은 중산층 가정의 아이들이었고 대부분 평범했지만 예외인 아이가 있었다. 그 아이는 줄곧 정신을 딴 데 팔고 있었고 성적도 그다지 좋지 못했다.

어느 날 나는 그 아이가 수업에 들어오지 않은 걸 발견하고서 아이의 집으로 전화를 걸었다. 그 어머니는 아이가 이미 집을 나갔다고 얘기했다. 아이가 이전에 실종된 적이 있었으나 그후에 다시 돌아왔다고도 했다. 그 말투를 들어보니 그다지 아이를 걱정하지 않는 것 같았다.

그다음날, 파출소에서 걸려온 전화를 받았다. 기차역 안에서 자고 있는 학생을 발견해 파출소로 데려왔다고 했다. 아이는 경찰에게 자신이 사는 곳을 절대로 알려주지 않으려 했고, 자신의 부모가 누구인지도 결코 말하려 하지 않았다고 했다. 그러나 교복을 보고서 아이가 다니는 학교를 알 수 있었고, 교복 위에 새겨진 아이의 이름을 보고 곧장 담임교사인 나를 찾아낸 것이다. 경찰은 즉시 파출소로 와달라고 했다.

경찰이 말하길, 기차역에서 밤을 보낸 이 아이는 결코 가난한 집 아이가 아니라고 했다. 아파트 출입 카드키가 있었고, 수중에 몇천 위안의 돈까지 가지고 있었기 때문이다. 카드키가 있어야만

들어갈 수 있는 호화로운 빌딩에 사는 아이가 무슨 연유로 밤중에 기차역으로 뛰쳐나와 밤을 보냈는지 그들은 정말 이해할 수 없었다. 담임교사라는 사람이 왔으니 경찰은 곧바로 아이를 넘겨주었다. 물론 내게 아이를 집으로 돌려보내야 된다고 당부했다.

나는 그 아이를 데리고 가서 사오빙과 유탸오를 먹었다. 아이는 경찰에게 어디에 사는지 알려주려고 하지 않았지만, 교내 학생자료에 주소가 있었기 때문에 사는 곳을 알 수 있었다. 아이는 정말 원치 않았음에도 불구하고 내가 거듭 타이른 후에야 함께 집에 돌아가는 것에 동의했다. 대신에 오후가 되어서야 집에 들어가기를 바랐다.

과연 아이는 매우 멋진 빌딩에 살았다. 입구에 들어가려면 카드키가 있어야 했고, 엘리베이터를 타는 것조차 카드키를 사용해야 했다. 집도 매우 쾌적했다. 새 자전거, 비싼 음향기기, 컴퓨터 등을 보니 뭐든지 갖고 있는 그런 부류의 아이임을 알 수 있었다. 우리가 집에 갔을 때 어머니는 없었다. 어머니에게는 아이를 찾았다고 미리 일러둔 터였다.

아이는 부모님이 이혼을 했고 자신은 엄마와 함께 살고 있다고 말했다. 집안에 있는 사진을 보니 아이의 어머니는 매우 아름다웠다. 어머니에게 직업이 있는지 묻자 아이는 그렇다고 대답했다. 나는 다시 어머니가 어디에서 일하시는지 물었다. 그러나 아이는 알려주려고 하지 않았다.

아이를 몰아붙이고 싶지 않았을 뿐더러 이제 집으로 데려다주었으니 나는 떠날 채비를 하며 아이가 푹 쉬도록 했다. 바로 그때, 아이가 갑자기 말했다. "선생님, 우리 엄마가 어디서 일하는지 알고 싶으시다면, 제가 지금 모시고 가서 보여드릴게요."

아이는 내 차에 타서 어디로 가야 하는지 알려줬다. 그 지역은 우리 같은 교사들이 갈 수 없는 곳이었다. 마침내 아이가 차를 세우라고 하더니 어머니가 일하는 곳을 가리키며 내게 보라고 했다. 술집이라는 것을 단번에 알 수 있었다. 이제 어떤 상황인지 이해하게 되었다.

아이는 학교로 돌아와 특별 지도를 받았다. 특별 지도실에서는 아이의 상태가 심각하다며, 부유한 가정에서 컸으나 가난하고 고생스러운 환경에서 성장한 아이들처럼 친구들 앞에서 고개를 푹 숙이고 있다고 했다. 이대로라면 아이는 또 도망갈 거라고도 했다.

아이는 마침내 조건을 제시했다. 지금 살고 있는 집을 벗어날 수만 있다면, 반드시 열심히 공부하고 다시는 달아나지 않겠다고 약속했다.

나는 사회복지사를 찾아갔고, 남부의 한 교회에서 운영하는 보이스타운Boys Town에서 아이를 받아줄 수 있다는 걸 알게 되었다. 보이스타운은 가정에 변고가 생긴 남자 청소년만 받아들이는 것이 원칙이었지만 온갖 설득 끝에 비로소 아이를 받아주겠다고 한 것이다. 아이는 바로 동의했지만, 처음에 어머니는 당연히 원치 않았다. 하지만 우리가 이것이 아마도 유일한 방법일 거라고 설명하자 그녀도 마침내 허락했다.

내가 아이를 그곳으로 데리고 가는 동안 기차 안에서 아이는 어떤 긴장한 모습도 없었고, 오히려 무거운 짐을 벗은 듯 홀가분해 보였다. 짐도 그다지 많지 않았다. 비싼 자전거와 전자 오락기, 음향기기는 모두 과거의 것이 되어버린 듯싶었다.

보이스타운에 도착했다. 내가 택시비를 내는 사이 아이는 재빠르게 문을 열고 나가 자신을 기다리고 있던 신부님에게 달려갔다. 신부님은 의아하다는 표정이었지만 아이는 신부님을 향해 달려가 포옹했다. 아이는 "신부님, 제가 드디어 집에 돌아왔어요"라고 재잘댔다. 아이를 자세히 본 신부님이 대답했다. "너였구나!"

어느 한 젊은이가 아이를 방으로 안내했다. 신부님은 그 틈에 내게 알려주었다. 작년 이곳에 아이가 와서 머문 적이 있다고. 게다가 혼자서 온 아이는 솔직하게 자신에게 집이 있다고 말하면서 돈도 많으니 생활비를 낼 수 있을 거라고도 했다. 그들은 성품이 괜찮은 아이임을 알았지만, 집도 있고 가난하지도 않았기에 집으로 돌아가라고 타일렀다. 보이스타운은 가난한 가정의 아이들을 맡아서 머물도록 하는 곳이었기 때문이다.

그곳의 환경을 둘러보자 타이베이에 있는 아이의 집이 떠올랐다. 거기에도 자전거가 있었지만 고장나고 오래된 것이었다. 아이들은 한방에서 같이 지낸다. 이 아이는 확실히 많은 것들을 포기했다.

내가 떠날 때, 아이가 말했다. "선생님, 반 친구들에게 제 새집 주소와 전화번호를 알려주세요. 남부로 저를 보러 온다면 언제든 환영이라고요." 아이는 만면에 만족스러운 표정을 지었다. 누구라도 그가 진정한 집으로 돌아왔다는 것을 알 수 있었다.

타이베이로 돌아오는 기차 안에서 생각했다. 최근 부잣집 아이들이 갖고 있는 비싼 장난감을 보며 걱정을 조금 했었다. 이제 곧 결혼을 할 텐데 내 수입으로는 미래의 아이에게 그런 비싼 장난감을 사줄 수 없기 때문이다. 그러나 이제 더이상 걱정할 필요가 없어졌다. 내가 걱정해야 할 건 스스로 좋은 사람이 되는가, 그렇지 않은가다. 만약 아이가 나에 대한 존경을 잃게 된다면, 이미 모든 것을 잃은 것이다.

마침내 아이들이 진정으로 원하는 집이 어떤 집인지 깨달았다.

1995년 6월 5일 연합보 문예칼럼

몰래 엿듣는 사람

　나의 전문 분야는 원격제어 기술이고, 일하는 곳은 통신위성을 전문적으로 설계하는 미국의 한 회사다. 과거에는 위성을 쏘아올린 후 수리하는 것이 대단히 어려운 일이었다. 그러나 현재는 원격으로 제어할 수 있는 수리 시스템을 사전에 전부 위성 안에 설계해두는 방식을 쓰고 있다. 위성이 고장나면 지상에서 몇 가지 신호를 올려보낼 수 있고, 어떤 문제가 있는지 찾아낼 수도 있다. 상황이 심각하지 않으면 지상에서 원격제어 기술법을 이용해 수리한다.

　위성에는 거의 문제가 생기지 않는다. 평소에 몇 가지 원격제어 검사를 하기도 한다. 이러한 검사를 자주 실시하는데, 다들 건성으로 할 뿐만 아니라 기능이 정상이면 데이터 자료에 일률적으로 서명하는 것으로 일을 마무리짓는다.

한 달 전, 할일이 없어 한가롭게 테스트용 데이터를 유심히 살펴보다가 갑자기 이상한 현상 하나를 발견했다. 이 년 전부터 나타나기 시작한 현상이었으나 비정상 수치가 극히 낮아 위성 운행에는 영향을 주지 않기 때문에 아무도 신경쓰지 못했다.

상사에게 이 일을 즉시 보고했다. 여러 위성들의 자료를 훑어본 그는 이 년 전만 해도 모든 것이 정상이었는데, 지금은 전체적으로 문제가 생겼음을 발견했다.

우리에게는 평소에 사용하지 않고 만일에 대비한 긴급 스캐닝 시스템이 있었다. 보통은 위성에 문제가 생겼을 때 가동시킨다. 상사는 이 시스템을 작동시키기로 결정했다. 그 결과가 너무 충격적이어서 온몸에 식은땀이 났다. 알고 보니 누군가가 우리 위성에 도청장치를 설치하고, 안테나를 전부 우주로 향하게 해두었기 때문이다.

사건은 커져서 미국 대통령마저 알게 되었다. 그는 즉시 국무부를 비롯해 몇몇 주요 국가들과 연락하고, 그들의 위성이 도청되고 있는지 조사하게 했다. 회신은 다음과 같았다. 거의 모든 나라가 이미 도청을 당하고 있었고, 안테나는 모두 우주를 향해 있었다.

유엔안전보장이사회의 다섯 개 상임이사국은 비밀리에 회의를 열고, 만장일치로 미국 메릴랜드주의 미 항공우주국에 팀을 하나 편성하기로 했다. 그렇게 핫라인 채널을 만들어 지구 밖 외계인에게 알렸다. 우리는 이미 도청당한 사실을 알고 있으니 그들과 연락하고 싶다고 말이다. 상임이사국 다섯 곳은 각각 과학자와 언어학자 몇몇을 파견해 미 항공우주국에서 명령을 기다리게 했다.

이 사건의 발단이 나로부터 시작된 터라 나 역시 파견되었다. 꼬박 일주일을 기다린 끝에 마침내 신호가 들어왔다. 문자는 불어였다. 다행히 우리들 중에 전문가가 있어서 즉시 영어로 번역되었다.

외계인은 자신들이 우주 생물 연구원이라고 했다. 자신들이 거주하는 행성이 아주 멀리 떨어져 있기 때문에 지구에서 보낸 신호는 두 달이 걸려서야 비로소 그곳에 도달한다고도 했다. 때마침 회의에 참석하기 위해 우주선을 타고 행성을 떠나 지구를 지나가다가 신호를 받고서 우리와 통신하는 것이었다.

그는 도청한 일에 대해 대단히 미안하다고 사과하며, 그저 자료를 수집하고 싶었을 뿐 어떤 악의도 없었다고 말했다.

송신된 언어가 불어였기 때문에 우리는 프랑스 과학자에게 외계인과 대화하도록 했다. 그는 먼저 그 외계인의 전문 영역이 무엇인지 물어보았다. 자신은 우주생물연구소의 연구원이며, 전문 영역은 동물의 사회적 행동이라는 대답이 돌아왔다.

프랑스 과학자는 지구 인류의 방송을 도청하려는 이유를 물었다. 지구 인류는 동물의 일종이므로 줄곧 그 사회적 행동을 연구해왔다고 외계인은 말했다. 과거에는 종종 우주선을 지구에 보내 인류에 관한 자료를 수집했는데, 이제는 인류가 통신위성을 사용하기 때문에 거기에 도청기를 설치하기로 결정할 것이었다. 인류의 모든 방송이 그들의 컴퓨터로 전송된다. 이로 인해 그들은 인류에게 최근 발생한 일을 충분히 이해할 수 있고, 연구 자료 역시 풍부해진다고 했다.

도청의 목적은 연구를 위한 것이며, 다른 어떠한 목적은 없으니 안심해도 된다고 외계인은 거듭 강조했다.

프랑스 과학자는 왜 인류의 사회적 행동에 큰 관심이 있는 건지 물었다. 인류가 동물의 일종이기는 하지만 다른 특징이 있는데, 바로 대규모로 서로를 잔인하게 죽이는 것이라고 외계인은 말했다. "사자와 호랑이는 모두 다른 동물을 죽일 수 있습니다. 그러나 절대로 같은 무리를 죽이지는 않습니다. 당신들은 여태껏 사자가 사자를 먹는 모습을 본 적이 없을 겁니다. 바꾸어 말하면 사자와 호랑이는 서로 자신의 무리를 알아볼 수 있고, 가능한 한 동족을 죽이는 일을 피하려고 합니다."

인류가 서로를 잔인하게 죽이는 건 늘 이상하면서도 이해할 수 없는 이유 때문인 것 같다고 외계인은 덧붙였다. 가령 종교는 모든 사람들에게 선함을 권하고, 더군다나 신을 믿고 받드는 사람들에게는 남을 사랑해야 한다고 권유하면서, 인류는 여러 차례 종교를 이유로 서로를 살육해왔다.

오클라호마시티에서 발생한 폭탄 테러 사건*만 보아도 용의자와 살해당한 사람은 같은 인종에 속하고 같은 종교를 갖고 있었지

만 거리낌없이 마구 살인하는 그 모습을 외계인은 도무지 이해할
수 없었던 것이다.

인류가 잔혹한 형벌로 동료를 대하는 것도 이해할 수 없다고 했
다. 고양이가 가끔 쥐를 학대하기도 하지만, 여태껏 고양이가 다
른 고양이를 학대하는 것을 본 적이 없다고 말이다. 인류가 잔혹
하게 고문하는 모습이 담긴 온갖 영상을 자신들이 가지고 있으며,
이를 본 연구진들은 인류의 잔인함에 크게 놀랐다고 외계인은 말
했다.

외계인은 이어서 말했다. 때때로 백인은 흑인을 인간으로 여기
지 않는데, 동물은 오히려 그러지 않는다고. 가령 표범 중에는 흑
표범이 있고 레오파드도 있다. 표범들은 서로를 모두 알아볼 수
있지만 자신들에겐 흑표범이든 레오파드든 상관없이 모두 동족이
다. 고양이와 개도 이와 같다. 검은 고양이가 흰 고양이를 공격했
다는 일은 들어본 적이 없다. 어째서 인류는 항상 서로의 피부색
에 신경쓰는지 외계인은 도무지 이해하지 못했다.

끊임없이 이어지는 외계인의 의견에 우리가 모여 있던 홀 전체
가 쥐죽은듯 조용해졌다. 모두 자신의 단말기를 마주한 채 넋을
잃었다. 잠깐의 적막이 흐른 뒤 프랑스 과학자가 외계인에게 어디
로 갈 것인지 물었다.

---

* 1995년 미국에서 800명 이상이 부상을 입고 168명이 사망한 테러 사건.

마침 한 행성에서 열리는 회의에 참석하려던 참이었다는 대답이 돌아왔다. 그 우주 회의는 인류의 사회적 행동을 전문적으로 논의하는 곳이며, 인류의 원자폭탄 사용 이후로 그 사회적 행동에 관한 연구가 우주 학술계의 유명한 주제가 되었다고 했다. 조만간 그 외계인은 이 문제를 논하는 회의를 진행할 거라고 했다. 자신이 그 방면에 권위가 있어서 종종 논문 발표를 요청받는다고 말이다.

프랑스 과학자는 우리와 의논한 후 마지막으로 대담한 질문 하나를 던졌다. "우주 학술계에서 '인류'의 학명은 무엇인가?"

외계인은 알아듣지 못할 단어를 내뱉어 자리에 있는 누구도 이해하지 못했다. 그래서 프랑스 과학자가 그 학명의 의미가 무엇인지 물었다.

'진화가 아직 끝나지 않았다'라는 대답이 돌아왔다. 인류가 비교적 늦게 출현한 동물이기 때문에 아직 진화가 완성되지 않아 이와 같은 동족상잔이 벌어졌으리라고 외계인은 생각했다. 그의 이론에 따르면, 시간이 흐름에 따라 인류도 다른 동물처럼 더이상 전쟁을 일으키지 않고, 다시는 자신의 동족을 학대하지 않을 것이라고 했다.

외계인은 작별인사를 전하며 앞으로 언젠가 서로 얼굴을 마주할 수 있는 기회가 있기를 바란다고 덧붙였다.

그날 저녁, 나는 뉴스에서 르완다의 대학살 장면을 보게 되었다. 외계인의 말을 다시 곱씹었다. 그러면서 어린 시절 학교에서 배웠던 한 구절이 떠올랐다. '인류는 만물의 영장이다.' 과연 맞는 말일까?

나는 여전히 이 말이 맞기를 바란다.

1995년 7월 1일 연합보 문예칼럼

낮에 생각한 것이 있으면, 밤에 쓸 것이 생긴다

나는 전기기계학을 전공했고 줄곧 컴퓨터공학을 가르치고 있다. 신문의 문예칼럼 지면에 글을 발표하는 것도 쉬운 일이 아닌데, 뜻밖에도 렌징출판사에서 나의 글을 한 권의 책으로 묶어 출판하겠다고 했다. 나로서는 그야말로 생각조차 할 수 없는 일이었다. '소인이 득세하다'는 말로 비유한다고 해도 흔쾌히 받아들일 수 있을 것이다.

한번은 동료 한 명이 밤에 TV를 보는데, 문학예술 작품을 소개하는 프로그램이 방영중이었다. 무슨 일인지 사회자가 '작가' 리자퉁을 언급했고, 동료는 그 자리에서 폭소를 터뜨리며 하마터면 의자에서 바닥으로 떨어질 뻔했다.

그를 비난할 건 없다. 평생 학술논문을 써오던 내가 문예칼럼

지면에 글을 쓴 건 최근의 일이니 말이다.

친구들이 종종 묻는다. 논문을 쓰는 것과 문학작품을 쓰는 것 중에 어느 쪽이 어려운가? 두 가지 모두 쉽지 않다고 생각하지만 문학작품을 쓰는 것이 내게 대단히 어려운 일은 아니다. 왜냐하면 그 중 많은 글들이 내가 직접 겪은 경험담을 바탕으로 하기 때문이다.

나의 지도교수는 시각장애인이었다. 줄곧 그에게 감사하는 마음이 있었고, 그의 끈기에 감탄해왔다. 우리 교육계 내에 팽배한 시각장애인에 대한 여러 차별을 감지하고 있던 터라 「나의 시각장애인 은사님」을 쓰기로 결정했다. 그리고 이때부터 적잖은 시각장애인 친구들을 사귀었다.

「어머니가 나를 보러 오셨어」 역시 직접 겪은 이야기다. 대학 시절 종종 교도소에 봉사활동을 하러 다닌 나는 수감자와 꽤 잘 어울릴 수 있었다. 농구 코트에서 젊은 수감자 한 명이 '혈맹血盟'의 근황은 어떠한지, 성장은 했는지 내게 물었다. 그제야 그들이 줄곧 나를 폭력조직 '혈맹'의 동료라고 오해하고 있었음을 알았다. 그러나 나는 그쪽으로는 아는 것이 조금도 없었다. 학교에 돌아가서 비행소년들과 왕래하는 동기 한 명을 마침내 찾았다. '혈맹'은 그리 대수롭지 않은 조직이라 때에 따라 없어지기도 하고 신속히 재건하기도 한다는 사실을 알게 되었다. 실망스러웠으나 한때 '혈맹'의 일원과 알고 지냈던 내 영웅적 행적을 그 친구에게 감히 말할 순 없었다. 수감자 친구들은 내가 학업을 포기하고 평생을 전

심전력으로 수감자들을 위해 봉사해야 한다고 여겼다. 나는 그런 생각을 받아들일 수 없었지만 지금까지도 마음에 걸린다. 여전히 교도소에 봉사하러 갈 생각은 있으나 나이 탓에 더이상 그들과 섞여 농구를 할 수 없는 현실이 안타깝다. 몇몇 수감자들의 학습 보충을 도우러 갈 수 있을 뿐이다.

나는 여행을 좋아한다. 특히 황야가 있는 곳에 가는 걸 좋아한다. 「황야 여행」은 스코틀랜드의 황야에 갔던 경험을 묘사한 글이다. 스카이섬은 영국의 문학 작가라면 반드시 가봐야 하는 곳임을 나중에서야 알았다. 최근 외국의 대학 총장들과 대화를 나눌 기회가 자주 있었는데, 그들 중 많은 이가 스카이섬에 가본 적이 있다는 걸 알게 되었다.

나는 사형제도를 몹시 싫어한다. 야만적이고 잔인한 행위라고 생각한다. 특히 나를 불안케 하는 것은 사형 뒤에 숨겨진 복수 심리다. 그리스도를 따르는 사람으로서 내게 용서는 지극히 쉬운 일이다. 나는 누구나 늘 남을 용서할 수 있기를, 그리하여 다른 사람을 사지로 내몰지 않기를 바란다. 이것이 바로 「나는 이미 다 컸다」를 쓴 이유다. 일찍이 교황이 사람을 찔러 죽인 자를 직접 방문했던 일을 기억한다. 그들이 무슨 대화를 나누었는지 아무도 모르지만, 나는 교황이 사람을 찔러 죽인 자를 분명히 용서했을 것이라고 믿는다. 왜 우리는 이렇게 할 수 없을까? 성숙한 사람은 반드시 남을 용서할 수 있다. 사회도 마찬가지다. 언젠가는 우리 사회도 사형제도를 폐지할 정도에 이를 만큼 성숙해질 수 있을 것이다.

「차표」이야기에 관해서는, 절반은 사실이다. 테레사 센터의 아이들 대다수가 파탄 나고 빈곤한 가정 출신이고, 산간지역에서 온 아이들이 더 많다. 비록 아이들이 테레사 센터를 떠난 후 반드시 임금이 높은 일자리를 찾을 수 있는 건 아니지만, 그들 한 명 한 명 모두 사회에서 부지런히 일할 줄 안다. 그중 어떤 아이도 나쁘게 변했다는 소식은 들어본 적 없다. 그래서 나는 테레사 센터에 있는 아이들이 어쩌면 문제 가정의 아이들보다 더 행복할 거라고 생각한다.

또한 이모 등을 가장해서 아이들을 보러 오는 엄마들이 있다는 이야기도 들었다. 수녀님들이 저녁기도를 드릴 때, 아이들이 수녀님의 품에 안겨 잠들거나 제단 아래에서 노는 모습도 직접 보았다.

이런 소소한 이야기들이 「차표」라는 글이 되었다.

한번은 모 방송국에서 드라마 한 편이 방영된다는 것을 알게 되었다. 전적으로 내가 쓴 「차표」를 기반으로 각색한 드라마였지만 그들은 내 동의를 구하지 않았다. 내가 그들에게 연락해보고 나서야 시나리오 작가가 확실히 「차표」를 읽은 적이 없음을 알았다. 그러나 천뤼안陳履安* 원장의 방송을 듣고 그에게 전화를 걸어 물어

* 대만의 정치인(1937~).

보니 그는 한 노승으로부터 그 이야기를 들었다고 했다.

예전에 다른 방송국에서는 정식으로 「차표」를 드라마로 각색하고자 내게 연락해온 적이 있었다. 뜻밖의 소식에 대단히 기뻤다. 다만 안타깝게도 이 일은 방송국의 인사 개편으로 계획이 무산되었다. 아쉬웠다.

종종 사회에서 명망 있는 인사들을 만날 기회가 있었는데, 그들은 직함도 굉장히 많았다. 그중 한 사람은 직함이 너무 많아 명함 한 장에 다 넣을 수 없어 명함을 접이식으로 디자인해야 했다. 나는 그것을 보고 난 뒤 오스트리아·헝가리제국의 위대한 황제의 사후 의식儀式이 떠올랐다. 황제가 서거한 후 유해는 한 수도원에 보내져 묻히게 되어 있었다. 수도원의 대문은 굳게 잠겨 있다. 황제의 수행원이 문을 두드리면, 안에 있는 수사는 "오신 분이 누구신가요?"라고 반드시 물어본다. 수행원은 곧장 큰 소리로 대답한다. "오스트리아·헝가리제국의 황제입니다." 상대방이 대답이 없으면 수행원은 다시 문을 두드린다. 안에 있는 수사가 "오신 분은 누구신가요?"라고 다시 묻는다. 황제의 직함이 매우 많기 때문에 수행원은 비교적 지위가 낮은 직함 하나를 선택한다. 이렇게 직함을 계속해서 낮추지만 수도원의 문은 좀처럼 열리지 않는다. 수행원이 "가련한 죄인입니다"라고 말할 때에야 비로소 수도원의 문이 열리며 황제의 유해를 안으로 들인다.

이런 의식을 근거로 「나는 누구인가?」를 썼다. 유일하게 다른 점은 나는 비교적 긍정적인 의미를 불어넣었다는 것이다. 결국 생을 마감할 때 모든 직함은 아무런 의미가 없어진다. 단지 우리가 당시에 행했던 좋은 일이 의미 있을 뿐이다. 「나는 누구인가?」가 다른 사람에게 큰 영향을 미칠 수 있기를 감히 욕심내지 않는다. 적어도 나 스스로에게만은 언제나 경각심을 갖게 하는 글이다.

미국에 사는 시각장애인 친구가 여럿 있다. 몇몇은 태어날 때부터 장애가 있었다. 그들은 나와 이야기할 때 종종 흑인을 멸시하는 자들을 비웃는다. 이유는 매우 간단하다. 그들은 지금까지 색깔의 의미를 이해할 수 없다. 그래서 다른 사람을 판단할 때 여태껏 피부색을 고려해본 적이 없다. 이런 상황을 바탕에 두고 「시력과 편견」을 썼다.

나는 친구들과 나누는 대화에서 대부분의 영감을 얻는다.

한 친구가 서양에는 이런 말이 있다며 소개해준 적도 있다. "나이가 육십을 넘겼을 때, 어떠한 병도 없다면 당신은 분명 이미 죽어버린 것이다"라는 이야기였다. 이 말을 토대로 「완벽한 하루」를 썼다.

종종 공스룽龔士榮* 신부님과 담소를 나눈다. 하루는 많은 사람들이 자신의 진면목을 보지 못하는 점에 대해 이야기했다. 전화로 대화를 나눴을 당시, '진면목'이란 세 글자가 이내 내게 재미있는

---

* 대만의 여러 대학 총장을 역임한 신부(1912~2002).

이야기 하나를 떠올리게 했다. 나는 바로 급히 전화를 끊고 스토리를 구상하기 시작했다. 그리고 그날 저녁 「진면목」을 썼다. 물론 인공지능 이야기를 약간 집어넣은 건 어쩔 수 없었다. 내가 예전에 인공지능을 연구했기 때문이다.

나는 열쇠를 아주 많이 가지고 있다. 이유는 매우 간단하다. 우리집에 차가 한 대 있고, 일하는 직장에도 차가 있으며, 거기에 자전거와 오토바이까지 합하니 차 열쇠만 일곱 개가 된다. 신주에 집이 있고, 타이중臺中에도 기숙사가 있다. 칭화대학교에 연구실이 있고, 징이에도 사무실이 있다. 이런 이유로 항상 문을 열어주는 열쇠 한 꾸러미를 가지고 다닌다.

하루는 기숙사 뒤뜰에서 꽃에 물을 주었다. 물을 다 준 뒤에야 후문 열쇠를 가져오지 않은 걸 알아차렸고, 후문은 이미 잠겨 있었다. 담을 기어올라 나갈 수밖에 없었다. 당시 나는 피부에 흙이 닿는 촉감을 너무 좋아했던 터라 일부러 맨발로 뜰을 걷곤 했는데, 이번에는 낭패였다. 담을 올라가야 할 뿐만 아니라 맨발로 먼 길을 걸어가야 했다. 다행히 내가 사는 지역은 인구가 적어서 그 망측한 꼴을 누구에게도 보이지 않았다. 그러나 이 일로 나는 열쇠가 가져다주는 귀찮음을 뼈저리게 느꼈다.

그날 한 신부님이 테레사 수녀와 함께하는 수사들은 어떤 열쇠도 가지고 다니지 않는다면서, 값어치 있는 재산을 지니지 않기 때문이라고 알려주었다. 나는 일주일 안에 「열쇠」를 썼다.

군대에서 장교로 복무할 때, 한 가지 생각을 품고 있었다. 세상에서 가장 행복한 사람은 바로 「열쇠」에서 묘사한 그런 수사일 거라고. 그리고 이러한 생각을 한 친구에게 전했다. 친구는 내 이야기를 듣고서 매우 공감했지만, 세상에 그런 사람들이 어디 있느냐면서 불가능한 일이라고 말했다. 그러다 테레사 수녀와 함께하는 수사들을 만날 기회가 있었다. 마침내 열쇠 걱정이 없는 사람들을 직접 보게 된 것이다.

다른 사람의 이야기를 듣는 것 외에 '보는 것'에서도 영감을 얻는다. 몇 년 전 미술관에서 그림 하나를 보았다. 대성당 안에서 장엄하고 엄숙한 추기경들이 서로 이야기를 나누고 있고, 빈자들이 그들을 향해 구걸하고 있었지만, 주교들은 확실하게 빈자들을 무시해버리는 모습이 그려져 있었다. 그 그림은 영원히 내 머릿속에 각인되었다.

어느 날 아침, 식사를 하는 동안 신문에 실린 대기근 사진 한 장을 보았다. 당시 나의 행동은 서둘러 다음 장으로 넘어가는 것이었다. 이유는 매우 간단했다. 대기근의 참상을 보고 양심의 가책을 느껴 아침밥을 먹을 수 없게 되는 걸 원치 않아서였다. 훗날 신문지를 넘긴 그 행동에 스스로 심한 부끄러움을 느꼈고, 주교가 빈자를 외면하는 장면이 떠올랐다. 그리고 얼마 안 있어 「부자와 빈자」를 썼다. 당신의 마음속에서 가난한 사람들의 존재를 인정한다면, 바로 가난한 사람들을 볼 수 있을 것이라고 말하고 싶었다.

글이 게재된 뒤 많은 독자들이 저마다 자신의 해석을 내게 전해주었다. 다들 내 의도와는 달랐지만 모두 대단히 훌륭한 해석이었다.

많은 잡지와 서양의 뉴스 매체들이 브라질 정부를 맹렬히 비난한 적이 있다. 일부 경찰이 거리에서 노숙하는 어린아이들을 총살한 사건 때문이었다. 가장 괘씸한 건, 뜻밖에도 경찰청장이 그 아이들을 치안의 암이라고 한 발언이었다. 경찰이 아이들을 총살한 일이 하늘을 대신해 정의를 실현한 것인 양. 마침 나는 당시 산업청의 데이터베이스 관리 시스템을 심의하고 있었다.「모반」은 이렇게 쓰였다.

또한 그 당시 많은 과학 저널에서 약물이 인간의 성격에 미치는 영향을 크게 다뤘다. 나는 오히려 인류의 가장 위대한 감정은 약물로 통제될 수 있는 것이 아니라고 여긴다. 우리가 '남을 사랑하는 것'이 '사랑을 받는 것'보다 더 중요하다는 점을 알기를 바란다. 이러한 생각들이 모두 더해져「부작용」이 쓰였다.

내 직업상 사회적 지위가 있는 사람들과 접촉할 기회가 있는데, 모두 보통 사람들이 가장 부러워하는 이들이다. 그러나 관찰한 바에 의하면 그들은 보편적으로 불안감을 안고 있다. 일반적인 이발사나 채소 장수 등과 비교할 때, 그들이 더 긴장해 있다. 나 역시 인류에게 적자생존을 강조하는 일을 줄곧 반대해왔다. 이 시각에서「금요일의 악몽」을 썼다. 일부 동료들은 이 글이 나 자신에 대한 이야기라는데, 꼭 그런 건 아니다.

나는 사형을 싫어한다. 전쟁은 더더욱 싫어한다. 하루는 신문에서 독수리가 죽어가는 여자아이를 따라가는 사진을 보고 큰 충격을 받았다. 「저는 여덟 살입니다」는 바로 이렇게 쓰였다. 또다른 어느 날, 기사 한 토막을 보았다. 보스니아전쟁에 관한 이야기였고, 발포 지역은 풍경이 더없이 아름다운 산골짜기였다. 다음날 자전거를 타고 공과대학 기숙사를 지나갈 때, 라일락나무 한 그루가 만개한 모습을 보았다. 그 나무에서 영감을 얻어 「산골짜기에 핀 라일락꽃」을 쓰게 됐다. 미국인들이 베트남전쟁 당시 사용한 고엽제와 네이팜폭탄에 대해 줄곧 반감이 매우 깊었다. 미 해군 장성이 한 명 있었는데, 그의 아들이 베트남전쟁 때 사용된 고엽제로 인해 암에 걸렸다. 그러나 이 해군 장성이 바로 고엽제 살포를 지휘한 사람이었다. 「뉴트, 왜 나를 죽였어?」는 이렇게 해서 쓰게 됐다. 세상 사람들에게 폭로하고 싶다. 전쟁은 생명과 재산의 피해를 가져올 뿐만 아니라 인류의 양심을 더욱더 해친다.

　인도에서의 경험은 설명하기가 참 어렵다. '임종자의 집'에서 가난한 어린아이와 정이 들었다. 신부님이 한 시간가량 미사를 집전하는 동안 그 아이는 내 손을 잡고 놓지 않았다. 나는 종종 생각한다. 만약 아직도 봉사활동을 하고 있었다면 언젠가 그애를 퇴원시킨 후, 택시를 불러 그애가 과거에 구걸하던 곳으로 보냈을 것이다. 그애는 구걸하는 삶을 계속 이어갔을 테고, 나는 택시를 타고 편안한 삶으로 돌아왔을 것이다. 나는 이미 어느새 쉰일곱이지만 여전히 '미래'가 있다. 그애는 불과 열 몇 살이었지만 미래가 없었다. 매번 그애를 생각할 때마다 미안함에 마음이 걸린다.

단테의 『신곡』에서 지옥을 묘사할 때 그 입구에 팻말이 하나 있다고 하는데, 거기에는 '희망을 내려놓아라'라고 쓰여 있다. 지옥은 희망이 없는 곳이라는 뜻이다. 인도에 도착한 후에야 나는 비로소, 수많은 가난한 이들에겐 태어난 순간부터 희망이 보이지 않는다는 것을 깊이 깨달았다.

테레사 수녀가 "사랑의 다른 면은 증오가 아니라 바로 무관심"이라고 말한 것처럼, 나는 연이어 가난한 사람들에 대한 글을 썼다. 「높은 담을 헐어버리자」 「지붕」 「먼 곳에서 온 아이」. 단지 나의 둔필을 빌려 가난한 사람들에 대한 다른 이들의 관심을 끌어낼 수 있길 바랄 뿐이다.

인류의 빈곤에 관해서는 분명 수천 년의 역사가 있지만, 그 문제를 어떻게 해결할 수 있을지 나는 알지 못한다. 그러나 우리처럼 가난하지 않은 사람들이 가난한 사람들에게 전혀 관심이 없다면, 아마도 다시 몇천 년이 지난 후에도 인류의 빈곤은 여전히 존재하리라는 점은 알고 있다.

어렵고 고통스러운 날을 보낸 적이 없다. 심지어 뜻대로 되지 않는 일조차 겪어본 적이 없다. 부끄럽다. 이 사회가 내게 무척 잘 대해주는 것을 항상 느낀다. 하지만 내가 사회에 보답한 건 대단히 적다. 그래서 이 책의 인세를 전부 신주 바오산의 테레사 센터에 기부한다. 그 개구쟁이들을 좀더 잘 먹이고 좀더 따뜻하게 입히기 위해.

종종 사람들은 내게 평소에 학생을 가르치고, 연구를 하고, 게다가 행정업무까지 처리하면서 어떻게 글을 쓸 수 있는지 묻는다. 비결은 많이 듣고 보고 생각하는 것이다. 문제를 생각하기만 하면 글 쓰는 영감은 대개 어렵지 않게 얻을 수 있다. 어느 날 더이상 사물에 대해 어떤 생각도 하지 않게 된다면, 분명 어떤 글도 써낼 수 없을 것이다.

낮에 생각한 것이 있으면, 밤에 쓸 것이 생긴다.

나의 천주교 신앙에 감사한다. 누군가가 내 글에 어떤 의미가 담겨 있다고 느낀다면 가장 큰 이유는 내게 신앙이 있기 때문일 것이다.

야셴瘂弦과 천이즈陳義芝 선생님께 감사드린다. 이 문단 선배들은 신인인 나를 등용시켜주었다.

천룽신陳榮新, 왕진젠王錦建, 린화옌林華彥 선생님께 더욱 감사드린다. 타이베이에 회의를 하러 갈 때면 그들은 늘 나와 동행했다. 이야기를 구상한 것이 있으면 반드시 그들에게 먼저 들려주었다. 결말이 가장 중요하기에 이야기의 끝을 어떻게 써야 할지 항상 그들과 의논했다. 그들은 언제나 아주 좋은 조언을 해주었다.

"높은 담을 헐어버리기만 한다면,
우리는 넓은 마음 한 자락을 가질 수 있다."

　왕유王維*의 시와 그림을 두고, 후세의 소동파蘇東坡**는 '시중유
화, 화중유시詩中有畵, 畵中有詩'라 표현하였다. 시에 그림이 있고, 그
림에 시가 있다는 뜻이다. 작가 리자퉁의 글을 번역하며, 그의 글
과 삶에서 '문중유애, 애중유문'이라는 표현을 떠올렸다. 글마다
사랑이 있고, 사랑하는 마음속에 글이 있었다.

　올해로 팔순을 바라보는 리자퉁은 글 쓰는 일을 좋아하는 '문
학도'와는 다소 거리가 있는, 이론과 실험을 좋아하는 '공학도'였
다. 대학교에서 전기기계학을 공부했고, 미국 유학을 가서도 전

---

* 당나라의 시인(699~759).
** 송나라의 시인(1037~1101).

기기계공학 석사학위, 전기컴퓨터공학 박사학위를 받았다. 귀국해 대학교에서 학생을 지도할 때도 역시 전기공학을 가르쳤다. 글을 쓰게 된 이유는 자신의 경험과 생각을 많은 사람들과 공유하고 싶어서였다. 사람들이 "공학도로서 문학적 글쓰기가 어렵지 않습니까?"라고 물으면, 그는 주저하지 않고 전혀 어렵지 않다고 대답한다. 그의 글 대부분이 직접 경험했거나 들은 이야기를 바탕으로 하기 때문이다. 그의 글에는 소위 전문 작가의 노련하고 유려한 묘사, 화려하고 치밀한 기교는 보이지 않는다. 오히려 소박하고 담백한 내용을 차분하고 조용한 어조로 담담하게 써내려간다. 편안하고 익숙한 그의 글에는 진실함과 사랑스러움이 담겨 있기에 다른 문학 작품 못지않게 많은 이들에게 잔잔한 감동과 여운을 주고 있는지도 모르겠다. 그의 글은 산문과 소설과 같은 문학적 장르로 명확하게 구분 짓기가 힘들다. 오히려 산문과 소설의 경계, 그 어디쯤에 있는 듯하다. 어떤 글은 산문과 같이 친근하면서도 자연스럽고, 또 어떤 글은 소설과 같이 격정적이고 강렬하다. 그는 자신의 작품을 '소설'이라고 말하지만, 정작 독자들은 '산문'처럼 느끼는 것도 그 이유다. 그의 글이 산문에 가깝든 소설에 가깝든 많은 사람들에게 뭔가를 깊이 생각하게 만든다는 점은 한결같다. 그 무언가는 일종의 타인에 대한 애정, 연민, 관심과 배려가 될 수 있을 테다.

그는 작가이기 이전에 실천하는 지성인이자 교육자다. 그는 소위 명문가 집안에서 태어났다. 증조부는 중국 근대역사에서 중요한 인물인 이홍장李鴻章*의 친형 이한장李瀚章**이다. 그의 이름이 자통家同인 이유도 이홍장과 출생일이 같기 때문이다. 리자퉁은 대만의 유명한 중고등학교와 대학교를 졸업하고 미국 유학을 다녀온 뛰어난 인재다. 대학교수로 재직하면서 여러 차례 총장을 지냈다. 그는 어려서부터 사회에서 소외받는 계층을 위해 봉사하는 것을 좋아했고, 특히 낙후한 지역이나 열악한 환경에 놓인 아이들의 교육에 지대한 관심을 보였다. 시골이나 벽지의 학생뿐만 아니라 고아나 한부모 가정의 자녀가 영어와 수학 같은 기초 학문을 제대로 습득할 수 있도록 학습 지도에 심혈을 기울였다. 이러한 봉사활동은 그가 대학총장을 지낸 기간에도 쉬지 않고 계속되었다. '박유博幼, boyo사회복지재단'을 설립해 무료학습 지원, 기초학습 지도, 지도교사 양성 등 지금도 끊임없이 교육소외계층을 위해 노력하고 있다. 그는 유명인사, 대학교수, 총장이라는 명칭보다 평범한 교육자와 봉사자로 기억되기를 더 원한다고 했다. 그의 일생은 '교육'과 '봉사', 이 두 단어로 갈음할 수 있을 것이다. 그는 사회의 소외계층에 대한 인간적 관심과 배려를 중시한다. 사회의 모든 일에 대해서 사랑을 출발점으로 삼으려고 했고, 이러한 애정은

---

* 청나라 말기의 정치가(1823~1901).

** 청나라의 대신으로, 양광총독까지 지냈다(1821~1899).

열정적으로 글을 쓰게 하는 원동력이 되었다. 그의 충실한 종교적 신념 또한 사회적 약자를 돕는 현장으로 거리낌없이 나아가게 하는 힘이 되었다. 그리고 이러한 경험은 그의 글에 오롯이 녹아 있다.

그는 자신의 글에서 사랑이 무엇인지, 인정人情이 무엇인지 애써 말하려고 하지 않는다. 하지만 글을 읽어보면 그가 말하는 것이 무엇인지 매우 분명히 알 수 있다. 그는 사람의 마음속에 존재하는 가장 따뜻한 마음을 사회로 이끌어내고, 사람들에게 그것을 전하는 데 매우 탁월한 능력을 지니고 있다. 그의 글은 아름답고 화려하게 수놓인 이야기도 아니며, 억지로 고통과 슬픔을 끌어내 사람들의 동정심을 불러일으키지도 않는다. 오히려 가슴 따뜻하게, 편견 없이 깊은 울림을 전해준다. 이 책이 세상에 나온 지 이십 년이 훌쩍 넘도록 대만의 수많은 독자들에게 여전히 큰 감흥을 주며 사랑받는 이유일 것이다. 그의 글에는 은연중에 슬픔이 드러나지만, 그렇다고 그가 바라보는 미래가 공허하거나 비관적이진 않다. 우리가 무엇을 하든 울타리 안에서 남과 더불어 살고, 그 속에서 진정으로 사랑을 느낄 수 있도록 끊임없이 메시지를 전하고 있다.

그의 글은 마치 한여름 저녁에 불어오는 한줄기 바람처럼 우리 가슴을 시원스레 쓸어간다. 그 바람은 하루종일 힘들고 지친 우리들에게 편안함과 행복감을 줄 수 있을 것이다. 그 속에서 우리의 상처를 어루만지고 쓰다듬어주는 손길을 느낄 수 있을 것이다. 우리가 다시 한번 자신과 남을 이해하고 사회를 바라보는 올바른 시선을 가질 수 있도록 말이다. 사실 나도 그런 영향을 받은 사람 중 하나다. "높은 담을 헐어버리기만 한다면, 우리는 넓은 마음 한 자락을 가질 수 있다"는 말이 아직도 내 가슴속에서 울리는 까닭은, 그와 그의 글, 그리고 내가 이렇게 서로 통하게 되었기 때문이 아닐까.

『외롭고 쓸쓸한 사람 가운데』는 지난해 가을에 시작해서 긴 겨울의 시간을 지나 올해 춘분이 다 되어서야 우리말로 완전히 옮기게 되었다. 긴 시간의 터널을 지나 다시 그의 글을 만났지만, 여전히 내 마음을 봄비처럼 촉촉하게 적셔준다. 이 책을 완성하기까지 기꺼이 성실한 독자를 자처하며 아낌없는 조언과 도움을 준 선생님들, 학생들, 그리고 편집부에 진심으로 감사를 드린다. 이 책은 그들의 노고와 격려 위에 이루어진 것이나 다름없다. 글을 읽으며 같이 감동하고, 마음 아파하고, 눈물 흘려준 그들이 없었다면, 나는 일찌감치 이 일에서 손을 놓았을지도 모르겠다.

2019년
김명구

옮긴이 **김명구**
부산대학교 중어중문학과를 졸업하고 국립타이완정치대학교에서 중국문학으로 석사학위
를, 국립타이완사범대학교에서 박사학위를 취득했다. 현재 명지대학교 중어중문학과 교
수로 재직중이다. 지은 책으로 『접속과 단절 – 중국 화본소설의 인간과 귀혼』과 『인물과 서
사 – 중국 화본소설의 인물 관계와 인물 변화』가 있다.

문학동네 세계문학
외롭고 쓸쓸한 사람 가운데

초판 인쇄 2019년 5월 10일 | 초판 발행 2019년 5월 20일

지은이 리자퉁 | 옮긴이 김명구 | 펴낸이 염현숙

책임편집 박인숙 | 편집 박혜진 고선향 이현정
디자인 김현우 이원경 | 저작권 한문숙 김지영
마케팅 정민호 정진아 함유지 김혜연 박지영 김수현 | 홍보 김희숙 김상만 이천희
제작 강신은 김동욱 임현식 | 제작처 영신사

펴낸곳 (주)문학동네
출판등록 1993년 10월 22일 제406-2003-000045호
주소 10881 경기도 파주시 회동길 210
전자우편 editor@munhak.com | 대표전화 031) 955-8888 | 팩스 031) 955-8855
문의전화 031) 955-3576(마케팅) 031) 955-2699(편집)
문학동네카페 http://cafe.naver.com/mhdn | 트위터 @munhakdongne
북클럽문학동네 http://bookclubmunhak.com

ISBN 978-89-546-5627-6 03820

www.munhak.com